QUANTI PESCI CI SONO IN QUESTA PAGINA?
SOLUZIONE:
CI SONO SEDICI PESCI!! (IL DELFINO NON È UN PESCE)

CHE SPASSO!

I EDIZIONE: MAGGIO 2024
I RISTAMPA: GIUGNO 2024
II RISTAMPA: SETTEMBRE 2024

TESTI, DISEGNI E IMPAGINAZIONE:
PERA TOONS

DIREZIONE EDITORIALE:
MASSIMILIANO CLEMENTE

COLORI E OMBRE: SARA D'ISANTO

TUNUÉ
VIA DEGLI ERNICI 30
04100 LATINA - ITALIA

TEL. 0773 661760
INFO@TUNUE.COM | WWW.TUNUE.COM

STAMPATO IN UCRAINA

PERATOONS®

CHE SPASSO!

tunué

CHI È PERA TOONS?

CIAO! SONO PERA TOONS!
(AL SECOLO ALESSANDRO PERUGINI)
L'AUTORE DEL LIBRO CHE HAI IN MANO E DEI BESTSELLER RIDI CHE È MEGLIO, SFIDA ALL'ULTIMA BATTUTA, GIOCHI E RISATE, RIDI A CREEPYPELLE, DIVERTIMENTI E FATTI UNA RISATA.

SONO UN FUMETTISTA E UN CONTENT CREATOR (NEL SENSO CHE SONO CONTENTO DI CREARE CONTENUTI).

LA MIA MISSIONE È QUELLA DI STRAPPARTI UN SORRISO PER RENDERE LA TUA VITA UN PIZZICO MIGLIORE!

COSA C'È NEL LIBRO?

CHE SPASSO!

TI FARÀ RIDERE E GIOCARE! CI SONO BATTUTE, ENIGMI TRABOCCHETTO, INDOVINELLI, REBUS, SFIDE VISIVE, PROVE DI LOGICA, FREDDURE E ALLA FINE ANCHE UN GIOCO DI "CARTE"!

TI CONSIGLIO DI PRENDERE UNA MATITA E UN FOGLIO DI CARTA PER SCRIVERE LE SOLUZIONI E SEGNARTI LE RISPOSTE GIUSTE. OGNUNA VALE 1 PUNTO. A PAGINA 152 C'È UNA TABELLA PER SCOPRIRE SE SEI UN GENIO O SE PUOI MIGLIORARE.

COSA ASPETTI? INIZIA A GIOCARE E RIDERE ALLENANDO IL TUO CERVELLO! QUESTO LIBRO È UNO SPASSO!

"PICCOLA" DIFFERENZA TRA CANE E GATTO:

IL MIO PADRONE SI PRENDE CURA DI ME. PROBABILMENTE, È UN DIO.
IL MIO PADRONE SI PRENDE CURA DI ME. PROBABILMENTE, SONO UN DIO.

TRA ZANZARE

ATTENTA AGLI UMANI, CI ODIANO!
MA COSA DICI... OGNI VOLTA CHE MI VEDONO MI APPLAUDONO.

IN BOCCA AL LUPO

LUPO, PERCHÉ MI HAI INVITATO A FARE COLAZIONE CON TE?
PERCHÉ IO ADORO FARE COLAZIONE CON BRIOCHE E CAPPUCCETTO.

RISOLVI IL REBUS

QUAL È IL COLMO PER DUE SCHELETRI CHE SI CONOSCONO DA TANTI ANNI? ESSERE...

CI
P

L'HAI RISOLTO? SÌ ☒ NO ☐

SOLUZIONE REBUS PRECEDENTE: AMICI PER LA PELLE.

SAPETE QUAL È QUELLA LETTERA DELL'ALFABETO CHE QUANDO È IN SALUTE SI TRASFORMA IN UNA BEVANDA? È LA LETTERA "T" PERCHÉ DIVENTA UNA T-SANA.

FRAINTENDIMENTO

SCUSI, IL TAVOLO BALLA.
AH, ALLORA VADO A SPEGNERE LA MUSICA.

GALLEONE...

... DEI PIRATI!

PERÒ CI VEDONO BENE

LO SAI CHE A PRAGA TUTTI I VICOLI SONO SENZA USCITA?
PERCHÉ?
PERCHÉ SONO VICOLI CECHI.

1

CHI HA UCCISO KENNY?
BRONTOSAURO ☐ O TIRANNOSAURO ☐ ?
1, 2, 3...
PERCHÉ STAI CONTANDO?
SONO UN CONTA-DINO.
IL KILLER NE HA UNA IN MENO.
SMALTO

2

COMPLETA LE BATTUTE

PERCHÉ HAI FATTO FUORI IL CAVALLO?
PERCHÉ...

- ☐ ... SONO INCAVOLATO!
- ☐ ... MI VOLEVA UCCIDERE!
- ☐ ... SONO UN ASSASSUINO.

MARIO, DA OGGI NON LAVORI PIÙ PER ME!
OH NO, MI HAI...

- ☐ ... RESO TRISTE.
- ☐ ... LICENZIATO IN TRONCO.
- ☐ ... FATTO ARRABBIARE.

SOLUZIONI DELLA PAGINA PRECEDENTE:
① È IL BRONTOSAURO PERCHÉ: 1) SOTTO LA CODA DI BRONTOSAURO C'È UNA LAMA INSANGUINATA. 2) IL TIRANNOSAURO HA LE UNGHIE ROSSE PERCHÉ SI È MESSO LO SMALTO. 3) IL NOME BRONTOSAURO HA UNA LETTERA IN MENO DEL NOME TIRANNOSAURO.
② SONO UN ASSASSUINO - LICENZIATO IN TRONCO.

CHI LA FA, L'ASPETTI

QUELLA CON CUI ESCI TI TRADISCE.
CHI? SOFIA, GIULIA, AURORA O ALICE?
GIULIA.
LA BIONDA O LA MORA?
LA MORA.
QUELLA ALTA O QUELLA BASSA.
QUELLA BASSA.
CAVOLO.

POLLO BRANDIZZATO

PERCHÉ HA QUEL LOGO?
PERCHÉ ÈPPOLL.

BAMBINO CHE PIANGE

EUROPEO:
UÉÉÉ! UÉÉÉ!
STATUNITENSE:
USAA! USAA!

BATTUTINA:
NETTUNO È IL DIO DEL MARE.
NON È POTTIBILE! QUALCUNO DEVE PUR ETTERE.

BATTUTE BREVISSIME

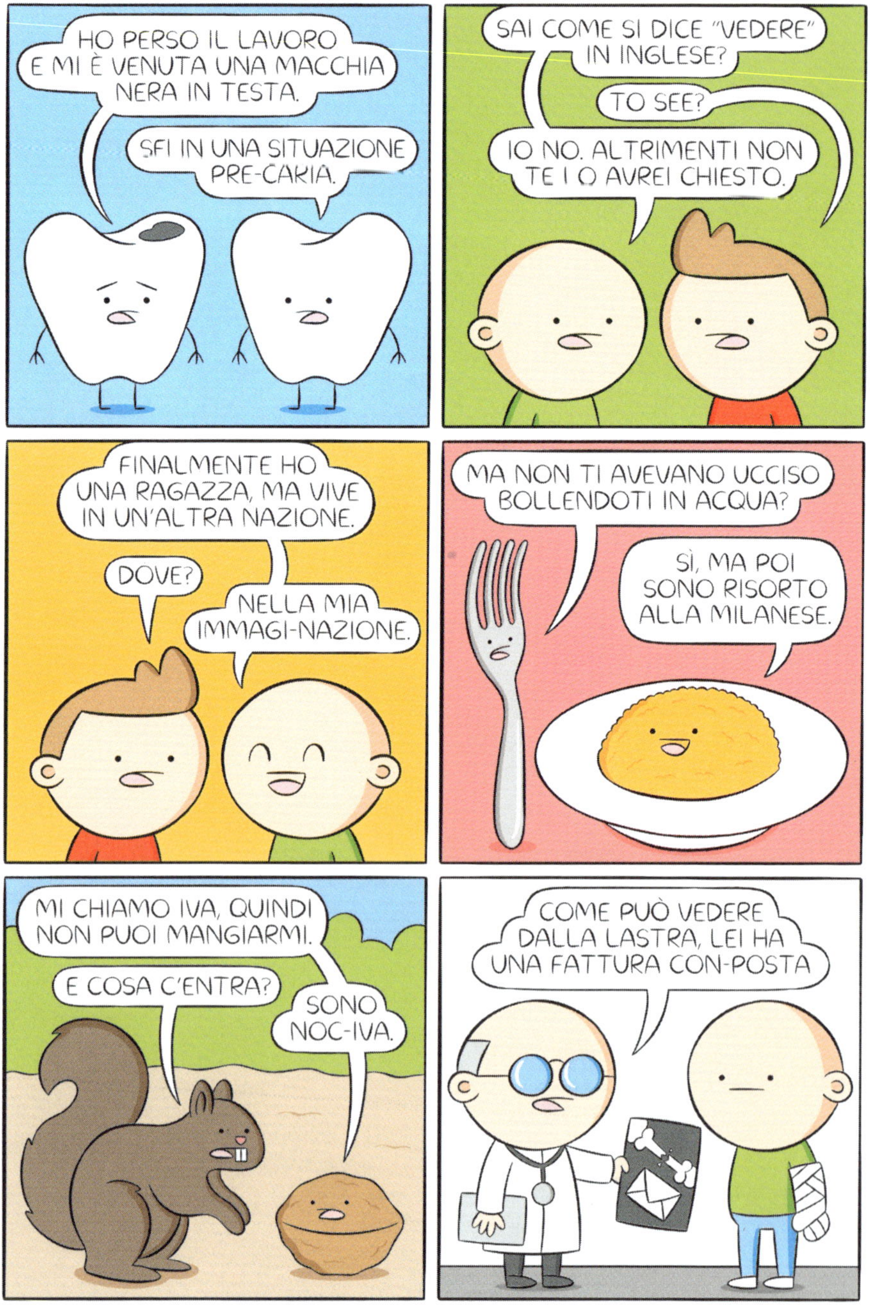

HO PERSO IL LAVORO E MI È VENUTA UNA MACCHIA NERA IN TESTA.
SEI IN UNA SITUAZIONE PRE-CARIA.
SAI COME SI DICE "VEDERE" IN INGLESE?
TO SEE?
IO NO. ALTRIMENTI NON TE LO AVREI CHIESTO.
FINALMENTE HO UNA RAGAZZA, MA VIVE IN UN'ALTRA NAZIONE.
DOVE?
NELLA MIA IMMAGI-NAZIONE.
MA NON TI AVEVANO UCCISO BOLLENDOTI IN ACQUA?
SÌ, MA POI SONO RISORTO ALLA MILANESE.
MI CHIAMO IVA, QUINDI NON PUOI MANGIARMI.
E COSA C'ENTRA?
SONO NOC-IVA.
COME PUÒ VEDERE DALLA LASTRA, LEI HA UNA FATTURA CON-POSTA

QUAL È IL NOME PREFERITO DEGLI ORSI? BRUNO.

1 COMPLETA LE BATTUTE

CIAO PATATA, COME MAI NON HAI LE FOGLIE?
PERCHÉ...

- [ ] ... SIAMO FATTE COSÌ.
- [ ] ... MI HANNO "POTATO".
- [ ] ... NON CI SERVONO.

COSA SCRISSE ALIGHIERI?
SCRISSE...

- [ ] ... I PROMESSI SPOSI.
- [ ] ... LE DIVINE COMMEDIE.
- [ ] ... DANTE POESIE.

2 INDOVINELLO DA RIDERE

QUEST'ASTRONAUTA SI CHIAMA ILARIA MA QUANDO LEI VA NELLO SPAZIO TUTTI LA CHIAMANO "I" (LA LETTERA)... COME MAI?

QUI È HUSTON. TUTTO BENE "I"?

LO SO! ☐ NON LO SO! ☒

SOLUZIONI
DI PAGINA 11:
① MI HANNO "POTATO" - DANTE POESIE.
② PERCHÉ NELLO SPAZIO NON C'È "LARIA".

MA UNA SCARPA SENZA LACCI NON DOVREBBE CHIAMARSI SARPA?

BATTUTA INFINITA

QUAL È IL TUO GRADO?
CADETTO, SIGNORE.
QUAL È IL TUO GRADO?
CADETTO, SIGNORE.
QUAL È IL TUO GRADO?
CADETTO, SIGNORE.
QUAL È IL TUO GRADO?
CADETTO, SIGNORE.

1 COMPLETA LA BATTUTA

COME MAI STA BACIANDO LA SABBIA?
PERCHÉ...
☐ ... HA VINTO LA LOTTERIA.
☐ ... LUI AMA-RENA.
☐ ... NON È UN TIPO FREDDO.

2 TROVA LE DIFFERENZE

LA VITA È INGIUSTA. MUOIO LENTAMENTE PER COLPA DEGLI ERRORI DEGLI ALTRI!
LA VITA È INGIUSTA. MUOIO LENTAMENTE PER COLPA DEGLI ERRORI DEGLI ALTRI!

QUANTE SONO? 4☐ 5☐ 6☐ 7☐

SOLUZIONI DI PAGINA 13: ① LUI AMA-RENA. ② 6 DIFFERENZE: 1) PUNTA DELLA MATITA. 2) LINEA DESTRA SOTTO LA BOCCA DELLA MATITA. 3) BRACCIO DELLA GOMMA. 4) COLORE DELLA GOMMA DELLA MATITA. 5) PEZZO ROTTO DELLA GOMMA. 6) RIFLESSO SULLA MATITA.

PERA-DISO

ALMENO SA FARE LE SOMME

MAMMA, ABBIAMO PRESO 8 IN MATEMATICA.
BRAVO!
ASPE'... IN CHE SENSO ABBIAMO?
2 IO, 3 MARIO E 3 GINO.

TRATTORIA IN TOSCANA

ECCO LE PAPPARDELLE AL CINGHIALE.
GRAZIE.

SU CON IL MOLARE!

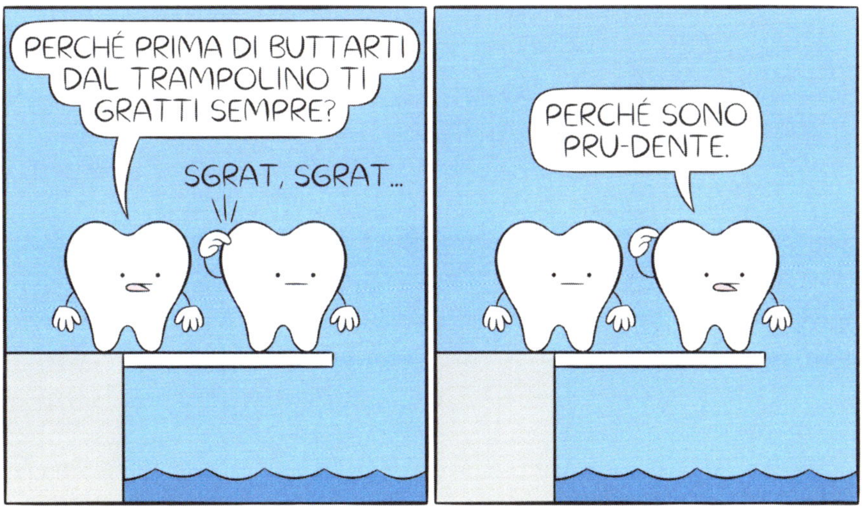
PERCHÉ PRIMA DI BUTTARTI DAL TRAMPOLINO TI GRATTI SEMPRE?
SGRAT, SGRAT...
PERCHÉ SONO PRU-DENTE.

BATTUTINA:
DOTTORE, MI TIRANO I MUSCOLI.
E TU RITIRAGLIELI.

BATTUTA PUNGENTE

COME CACTUS FAI A VOLARE?
SONO UN DRONE-DARIO.

LO FACCIAMO TUTTI AL MARE

QUANDO ENTRO IN ACQUA:
QUANDO ESCO DALL'ACQUA:

BATTUTINA:
LA TUA BELLEZZA MI INCANTA, INCANTA, INCANTA, INCANTA, INCANTA...

1 INDOVINELLO DA RIDERE

COSA CI FA UNA CALZATURA DENTRO UN PIATTO CON DEL SUGO?
LO SO! ☐ NON LO SO! ☐

2 TROVA LE DIFFERENZE

NOI ODIAMO LA GUERRA.
SIAMO PACI-FICHI.
NOI ODIAMO LA GUERRA.
SIAMO PACI-FICHI.

QUANTE SONO? 4☐ 5☐ 6☐ 7☐

SOLUZIONI DI PAGINA 17:

① FA LA SCARPETTA.

② 6 DIFFERENZE: 1) OMINO BLU SULLO SFONDO. 2-3) ESPRESSIONE ARRABBIATA E LINEA FICO DI SINISTRA. 4-5) LINEA E PARTE SOPRA DEL FICO DI DESTRA. 6) CIUFFO CENTRALE DELL'ERBA.

SUOCERA ANTIPATICA

MARIO, MARIO! C'È UN INCENDIO! LA CASA STA PRENDENDO FUOCO!
OK CARA, USCIAMO SUBITO DI CASA, MA NON URLARE CHE SVEGLI TUA MAMMA!

KENNY E PERA IN SCOZIA

"QUI GIACE PETER McNILLY, PADRE AFFETTUOSO E UOMO ONESTO".
QUI GIACE PETER McNILLY, PADRE AFFETTUOSO E UOMO ONESTO.
ALLORA È VERO CHE GLI SCOZZESI SONO TIRCHI... HANNO MESSO TRE PERSONE IN UNA TOMBA!
QUI GIACE PETER McNILLY, PADRE AFFETTUOSO E UOMO ONESTO.

1
CHI HA UCCISO KENNY?
ZOMBIE ☐, DRACULA ☐ O MUMMIA ☐?
ERO AL MUSEO A VEDERE LE MOSTRE.
BEVEVO IL LATTE DA-VENA.
SONO SUDATO PERCHÉ FA TROPPO CALDO.
CALDURA

2

INDOVINELLO

QUAL È QUELLA COSA CHE FA DIVENTARE IL MIELE AMARO, TRASFORMA IL FIENO IN ORO E FA VOLARE SE LA MANGI?
PUOI RISOLVERE QUESTO INDOVINELLO?
SÌ, POSSO ☐ NO, NON POSSO ☐
QUESTO INDOVINELLO LO SANNO RISOLVERE I BAMBINI DELLA MATERNA, MA NON GLI ADULTI CHE FANNO L'UNIVERSITÀ.

MOGLIE MOLTO FURBA! (PARTE 1)

HAI TRE DESIDERI, MA TI AVVERTO: QUALUNQUE COSA TU CHIEDA, TUO MARITO NE AVRÀ 100 VOLTE TANTO.
OK, ACCETTO.
QUAL È IL TUO PRIMO DESIDERIO?
VOGLIO ESSERE BELLISSIMA.
TI RENDI CONTO DI COSA MI STAI CHIEDENDO?
IN QUESTO MODO TUO MARITO DIVENTERÀ TALMENTE AFFASCINANTE CHE TUTTE LE DONNE SI INNAMORERANNO DI LUI.
NON MI IMPORTA. VA BENE COSÌ.
OK! ALLORA ESAUDIRÒ IL TUO PRIMO DESIDERIO!
POF!
QUAL È IL TUO SECONDO DESIDERIO?
VOGLIO AVERE 10 MILIONI DI EURO.

TUTTI I MIEI AMICI AVEVANO UN NOME TRANNE.

MOGLIE MOLTO FURBA! (PARTE 2)

OK, MA TI RICORDO CHE IN QUESTO MODO TUO MARITO RICEVERÀ UN MILIARDO DI EURO.
MEGLIO COSÌ. IO E LUI ABBIAMO IL CONTO IN BANCA CO-INTESTATO.
OK! ALLORA ESAUDIRÒ IL TUO SECONDO DESIDERIO!
POF!
$
ADESSO IL VOSTRO CONTO È PIENO DI SOLDI. QUAL È IL TERZO DESIDERIO?
VOGLIO AVERE UN PICCOLISSIMO INFARTO.

COS'È CHE FA "UUU, UUU"? UNA MUCCA SENZA LABBRA.

SOLUZIONI DI PAGINA 19:

① È DRACULA PERCHÉ: 1) L'ELSA DELLA SPADA E LA MANO DI DRACULA SONO SPORCHE DI SANGUE. 2) CALDURA È L'ANAGRAMMA DI DRACULA. 3) LE MACCHIE SU MUMMIA SONO PIÙ CHIARE RISPETTO AL COLORE DEL SANGUE.

② SE HAI RISPOSTO "NO, NON POSSO" HAI INDOVINATO PERCHÉ QUELL'INDOVINELLO NON HA SOLUZIONE.

COME FARE LE DOMANDE

MAMMA, POSSO MANGIARE I DOLCI MENTRE STUDIO?
NO!
TU NON SAI FARE LE DOMANDE. GUARDA COME FACCIO IO.
MAMMA, POSSO STUDIARE MENTRE MANGIO I DOLCI?
MA CERTO FIGLIOLA, OGNI MOMENTO È BUONO PER STUDIARE.

① COMPLETA LA BATTUTA

ADORO IL TUO REALISMO E LA TUA IMPARZIALITÀ. SEI COSÌ...
Gatton

- ☐ ... ATTRAENTE.
- ☐ ... INTELLIGENTE.
- ☐ ... OBIETTIVO.
- ☐ ... SIMPATICO.

② TROVA LE DIFFERENZE

MIO FIGLIO VA MALE A SCUOLA. CONOSCI QUALCUNO BRAVO IN RIPETIZIONI?
SÌ, IL PAPPAGALLO.
MIO FIGLIO VA MALE A SCUOLA. CONOSCI QUALCUNO BRAVO IN RIPPETIZIONI?
SÌ, IL PAPPAGALLO.

QUANTE SONO? 4☐ 5☐ 6☐ 7☐

SOLUZIONI DI PAGINA 23:
① OBIETTIVO.
② 5 DIFFERENZE: 1) ZAMPA SINISTRA TUCANO.
2) ALA SINISTRA TUCANO.
3) OCCHIO UCCELLINO. 4) ALA UCCELLINO.
5) CODA UCCELLINO. 6) LA "P" DI RIPPETIZIONI.

ASTRONAUTA INTELLIGENTE

LA NOSTRA MISSIONE È ANDARE SUL SOLE!
MA COME POSSIAMO FARE? CI BRUCEREMO VIVI!
CHE DOMANDA SCIOCCA! ASPETTEREMO LA NOTTE!

1
CHI HA UCCISO KENNY?
ROBOT ☐ O ALIENO ☐ ?
TI PIACE VIVERE SULLA LUNA?
SÌ... ANZI, NO. ANZI, SÌ. SCUSAMI, SONO LUNATICO.
01000001

2 INDOVINELLI DA RIDERE

A) COM'È RIUSCITO L'OROLOGIO A FAR FUORI IL VASO?
ERA E-VASO! AVEVA LE ORE CONTATE!
LO SO! ☐ NON LO SO! ☐

B) PERCHÉ I LIBRI SENTONO MOLTO CALDO AL MARE?
I PROMESSI MANZI
DI ALESSANDRO SPOSONI
LO SO! ☐ NON LO SO! ☐

SOLUZIONI DI PAGINA 25:

① È L'ALIENO PERCHÉ: 1) LA LAMA DELL'ALIENO È SPORCA DI ROSSO SULLA PUNTA E LA FERITA DI KENNY È DA INFILZAMENTO. 2) NEL CODICE BINARIO I NUMERI "01000001" SONO LA LETTERA "A" DI ALIENO. ② A) L'OROLOGIO HA FATTO FUORI IL VASO COL-PENDOLO. B) I LIBRI SENTONO CALDO AL MARE PERCHÉ HANNO LA COPERTINA.

CRITICI CINEMATOGRAFICI

HO VISTO IL FILM DI PINOCCHIO.
TI È PIACIUTA LA RECITAZIONE DELL'ATTORE?
NON MOLTO... L'HO TROVATA UN PO' LEGNOSA.

ATTENTI ALLE TRUFFE ONLINE!

STAI ATTENTA ALLE TRUFFE ONLINE. MIO MARITO MI HA ORDINATO DEI GIOIELLI COSTOSISSIMI.
MA INVECE DI QUESTI GLI HANNO SPEDITO DEGLI ACCESSORI PER LA MOTO. PER FORTUNA CHE SONO PERFETTI PER LA MOTO DI MIO MARITO.

L'AMICO LONTANO

BARISTA, MI DIA DUE GRAPPINI.
OK.
BAR COLLO
IL GIORNO DOPO:
BARISTA, MI DIA DUE GRAPPINI.
OK.
BAR COLLO
IL GIORNO DOPO:
BARISTA, MI DIA DUE GRAPPINI.
SCUSI, MA PERCHÉ PRENDE DUE GRAPPINI ALLA VOLTA?
BAR COLLO
PERCHÉ UN MIO CARO AMICO VENETO MI HA DETTO: "OGNI VOLTA CHE VAI AL BAR BEVI UN GRAPPINO ANCHE PER ME. IO FARÒ LO STESSO. COSÌ CI SENTIAMO IN COMPAGNIA."
BAR COLLO
UNA SETTIMANA DOPO:
BARISTA, MI DIA UN GRAPPINO.
OH, NO. IL SUO AMICO È SCOMPARSO?
BAR COLLO
NO, SONO IO CHE HO SMESSO DI BERE.
BAR COLLO

QUAL È IL FILOSOFO CHE AMA CANTARE? KANT.

TEST DEL GURU

SEGUI QUESTI PASSAGGI:

1) MOLTIPLICA LA TUA ETÀ PER 7.

2) MOLTIPLICA IL NUMERO OTTENUTO PER 1443. (USA PURE LA CALCOLATRICE).

3) IL RISULTATO È TRE VOLTE LA TUA ETÀ! (ESEMPIO: SE HAI 12 ANNI SARÀ 121212).

PS: SE HAI MENO DI 11 ANNI DEVI TOGLIERE GLI ZERI DAL NUMERO OTTENUTO.

TI TORNA?
SÌ ☐ NO ☐

1 INDOVINELLI DA RIDERE

COSA FANNO A UN SEDANO CHE IMPAZZISCE E DÀ IN ESCANDESCENZA?
LO SO! ☐ NON LO SO! ☐

COME SPOSTA LA PIRAMIDE IL FARAONE?
LO SO! ☐ NON LO SO! ☐

2 COMPLETA LA BATTUTA

CHAMPAGNE, PERCHÉ SEI TRISTE?
STO PERDENDO LA MIA AUTOSTIMA PERCHÉ DICONO CHE SONO...
CHAMPAGNE
☐ ... ANTIPATIC.
☐ ... EGOIST.
☐ ... STOLT.
☐ ... BRUT.
☐ ... TONT.
☐ ... CATTIV.

SOLUZIONI DI PAGINA 29:

1 COSA FANNO A UN SEDANO CHE IMPAZZISCE? LO SEDANO. COME SPOSTA LA PIRAMIDE IL FARAONE? LA SFINGE. 2 BRUT.

NOMI LUNGHI DERIVANTI DA PASSIONI

PERCHÉ MIA SORELLA SI CHIAMA ILARIA RACHELE ISABELLA SARA?
PERCHÉ LE INIZIALI DEI NOMI FORMANO LA PAROLA DI UN FIORE CHE TUA MAMMA ADORA: L'IRIS.
AH, GRAZIE PAPÀ.
DI NULLA PAOLO IACOPO ZACCARIA ZENO ANDREA.

BATTUTINA:
NELLA FRASE "IL MEDICO CURA IL PAZIENTE." DOV'È IL SOGGETTO?
IN OSPEDALE.

SI È FREGATO DA SOLO

AH AH! HO VISTO IL CODICE DEL TUO BANCOMAT!
BANCOMAT
NON È VERO! QUAL È?
È 1234!
BANCOMAT
SBAGLIATO! È 5987!
BANCOMAT
OPS.
BANCOMAT

PAPA AUTISTA (PARTE 1)

AUTISTA, OGGI VORREI GUIDARE IO LA MACCHINA.
VA BENE, VOSTRA SANTITÀ.
PERFETTO ALLORA VAI TU DI DIETRO.
POCO DOPO:
LEI ANDAVA TROPPO FORTE! MI FORNISCA PATENTE E LIBRETTO.
EHI, MA ASPETTI UN SECONDO... LEI È IL PAPA!
PER QUESTA VOLTA CHIUDERÒ UN OCCHIO E NON LE FARÒ UNA MULTA.
GRAZIE.
POCO DOPO IN CASERMA:
CAPO, NON SA CHI STAVO PER MULTARE. UNA PERSONA IMPORTANTISSIMA.

VOLEVO FARE UNA BATTUTA SUI VIAGGI NEL TEMPO...
MA NON VI È PIACIUTA.

PAPA AUTISTA (PARTE 2)

UN INFLUENCER FAMOSO?
NO, ANCORA PIÙ IMPORTANTE!
UN CANTANTE O ATTORE?
NO, ANCORA PIÙ IMPORTANTE!
IL PRIMO MINISTRO?
NO, ANCORA PIÙ IMPORTANTE!
EH, VABBÈ... MI ARRENDO. CHI ERA?
PENSO CHE FOSSE DIO.
DIO?! COSA TE L'HA FATTO PENSARE?
AVEVA IL PAPA COME AUTISTA!

COME SI CHIAMA UN BOOMERANG CHE NON TORNA INDIETRO?
BASTONE.

BATTUTINA:
PINO HA REGALATO A GINA UN ANELLO. PERCHÉ TU MAI NIENTE?
MA IO NEANCHE LA CONOSCO GINA.

VISIONE OTTIMISTICA DELLE COSE

COM'È IL TEMPO AL MARE?
QUESTA SETTIMANA HA FATTO BRUTTO SOLO DUE VOLTE.
LA PRIMA VOLTA HA FATTO BRUTTO PER TRE GIORNI E LA SECONDA PER QUATTRO GIORNI.

NON CREDO CHE FUNZIONI COSÌ

HO LETTO CHE MOLTI INCIDENTI STRADALI CAPITANO ENTRO IL RAGGIO DI UN KM DAL LUOGO D'ABITAZIONE.
E QUINDI?
E QUINDI MI SONO TRASFERITO IN UNA CASA PIÙ LONTANA.

1 COMPLETA LA BATTUTA

CIAO, IO MI CHIAMO LESSIE.
SE VABBÈ... ALLORA IO MI CHIAMO...
☐ ... FLOP.
☐ ... SCRISSIE.
☐ ... MARIO.
☐ ... BOB.

2 TROVA L'OMBRA GIUSTA

DOVE SONO TUTTI GLI ALTRI?
BOH... UN POLLÌ E UN POLLÀ.
A ☐
B ☐
C ☐

SOLUZIONI DI PAGINA 35: ① SCRISSIE. ② C.

SAPEVATE CHE IN ABRUZZO C'È UN COMUNE CHE SI CHIAMA "BOMBA"? C'È ANCHE UN LAGO LÌ. CI VOGLIO ASSOLUTAMENTE ANDARE A FARE IL BAGNO COSÌ POSSO DIRE DI AVER FATTO UN TUFFO A BOMBA!

MI DISSOCIO DA QUESTA BATTUTA!

SEI STATO ADOTTATO.
NON SIETE VOI I MIEI GENITORI BIOLOGICI?
SÌ, SIAMO NOI. MA ORA MUOVITI CHE VENGONO A PRENDERTI.

1
CHI HA UCCISO KENNY?
PARRUCCHIERE ☐ O MACELLAIO ☐?
KENNY AVEVA PRESO UNA BRUTTA PIEGA, MA NON GLI AVREI MAI TORTO UN CAPELLO.
TAGLIAVO LA CARNE.
REHCTUB

2 COMPLETA LE BATTUTE

COME TI SEMBRA QUESTA AURORA?
BOH...
☐ ... SEMBRA BELLA.
☐ ... È PROPRIO BRUTTA!
☐ ... REALE?

IL MIO CAGNOLINO SI CHIAMA CIAK.
COME MAI QUESTO NOME?
PERCHÉ QUANDO LO CHIAMO...
☐ ... IO ACCIAK UNA CACCA.
☐ ... CIAK SI GIRA.
☐ ... CIAK FA LA PIPÌ.

SOLUZIONI DI PAGINA 37:

① È IL MACELLAIO PERCHÉ: 1) L'INDIZIO "REHCTUB" AL CONTRARIO È "BUTCHER" (MACELLAIO IN INGLESE). 2) IL TIPO DI FERITA DI KENNY NON PUÒ ESSERE FATTO DALLE FORBICI ALTRIMENTI LA DIREZIONE DEI TAGLI SAREBBE DIVERSA. 3) È STATO IL MACELLAIO A FAR FUORI KENNY CON DUE COLPI DI MANNAIA. ② REALE - CIAK SI GIRA.

APPLE ADDICTED

LEI HA AVUTO UN INCIDENTE!
COME STA IL MIO TELEFONO?
NON DOVREBBE PREOCCUPARSI DI QUESTO! LEI HA PERSO UN ORECCHIO!
OH, NO! I MIEI AIRPODS!

BATTUTE BREVISSIME

COME MAI C'È UN CANE AL VOLANTE?
È IL MIO CANE-GUIDA.

VISTO CHE LE FORCHETTE HANNO 4 PUNTE... NON DOVREBBERO CHIAMARSI FOUR-CHETTE?

CIAO! IO SONO IL PIÙ FAMOSO RICERCATO ANGLO-CINESE AL MONDO. MI CHIAMO WAN TED.

COME MAI VOLETE MORDERMI?
PERCHÉ SIAMO RODI-TORI.

COSA FA RIMA CON AMORE?
NO.

PERCHÉ SI CHIAMA PEDALÒ SE PER FARLO ANDARE DEVO PEDALARE ADESSO?

QUAL È IL PITTORE PREFERITO DAI CANI? KAN-DINSKIJ.

NON CI AZZECCA MAI

MAMMA, INDOVINA CHI HA PRESO 8 AL COMPITO DI MATEMATICA?
TU?
NO, MARIO... IO HO PRESO 4.

UN BUON RISVEGLIO

AVETE DORMITO BENE QUESTA NOTTE?
SÌ, SIAMO RI-POSATE.

BATTUTINA:
HAI SPESO TANTO PER IL VIAGGIO IN GIAPPONE?
SÌ, MI È COSTATO UN TOKYO DELLA TESTA.

1 COMPLETA LA BATTUTA

PROSCIUTTO, MI AMI?
SÌ, ...

☐ ... TI AMO.
☐ ... MA COME AMICO.
☐ ... SONO COTTO!
☐ ... TI VOGLIO BENE.

2 INDOVINELLI

UN VAMPIRO DEVE SCAPPARE DA UN LABORATORIO. PER SALVARSI LA VITA DEVE SCEGLIERE UNA DELLE 3 PORTE: OLTRE LA PRIMA C'È LO SPAZIO DOVE NON SI PUÒ RESPIRARE. OLTRE LA SECONDA FANNO -100 GRADI E SI CONGELEREBBE E OLTRE LA TERZA C'È IL SOLE CHE UCCIDEREBBE IL VAMPIRO. QUALE PORTA DEVE SCEGLIERE?

OH, NO.
A ☐
B ☐
C ☐

SOLUZIONI
DI PAGINA 41:

① SÌ, SONO COTTO.

② IL VAMPIRO ASPETTA CHE ARRIVI LA NOTTE ED ESCE DALLA PORTA C.

CONOSCO UN PANETTIERE CHE TIENE IN NEGOZIO UNA FOCA CATTIVA... UNA FOCACCIA.

CANE STRANO

IL MIO CANE È UN PO' STRANO. INSEGUE LE PERSONE IN BICI.
NON È COSÌ STRANO. MOLTI CANI INSEGUONO LE PERSONE IN BICI.
SEI SICURO? GUARDA LÀ!
AAAHHH...

1
CHI HA UCCISO KENNY?
NOODLES ☐ O SPAGHETTI ☐ ?
IO SONO NOODLES.
ALLORA VAI A VESTIRTI! AH AH!
NON FAI RIDERE.
OK, ALLORA SMETTO CON LE FREDDURE... ADESSO PASTA.
SOLDONE

2 INDOVINELLO

QUAL'È L'ERRORE IN QUESTO RIQUADRO?
1 2 3
4 5 6
7 8 9
AIUTO... MA QUI STIAMO VERAMENTE DANDO I NUMERI!
L'HO TROVATO ☐
NON L'HO TROVATO ☐

ARMADIO DIFETTOSO (PARTE 1)

SALVE, SONO LA SIGNORA CHE HA COMPRATO L'ARMADIO DA VOI!
IL MOBILE È DIFETTOSO PERCHÉ OGNI VOLTA CHE PASSA LA METROPOLITANA CADE A PEZZI PER LE VIBRAZIONI.
L'HO RIMONTATO PIÙ E PIÙ VOLTE MA ACCADE SEMPRE LA STESSA COSA... QUANDO PASSA LA METRO SI SMONTA!
OK, MI DISPIACE, LE MANDERÒ UN TECNICO.
IL GIORNO DOPO:
SALVE TECNICO, COME PENSA DI RISOLVERE QUESTA SECCATURA?
MA È SEMPLICE. RIMONTO L'ARMADIO, POI CI ENTRO DENTRO E ASPETTO CHE PASSI LA METROPOLITANA.

NIENTE È PEGGIO DI TROVARE UN VERME IN UN MELA...
A PARTE TROVARE MEZZO VERME NELLA MELA.

ARMADIO DIFETTOSO (PARTE 2)

COSÌ VEDO DALL'INTERNO DOVE STA IL PROBLEMA.
POCO DOPO:
CARA, SONO TORNATO PRIMA DAL LAVORO.
CIAO, AMORE.
WOW, CHE BELLO IL MOBILE NUOVO. VEDIAMO MEGLIO.
EHI, CHI SEI? E COSA CI FAI DENTRO L'ARMADIO?
GUARDI, LE DICO SUBITO CHE SONO L'AMANTE DI SUA MOGLIE...
PERCHÉ TANTO SE LE DICESSI CHE STO ASPETTANDO LA METRO NON MI CREDEREBBE.

COME SI CHIAMA UN DENTE TEDESCO FATTO DI CIOCCOLATO AMARO?
SI CHIAMA VON DENTE.

SOLUZIONI DI PAGINA 43:

① IL COLPEVOLE È NOODLES PER QUESTE RAGIONI: 1) VICINO A NOODLES C'È UN BOSSOLO DI PROIETTILE. 2) LA PAROLA SOLDONE È L'ANAGRAMMA DI NOODLES. ② L'ERRORE È L'AVER SCRITTO "QUAL'È" INVECE DI "QUAL È".

BATTUTE BREVISSIME!

SEI FINITO IN OSPEDALE PERCHÉ TI SI ERA TOLTA LA COVER?
SÌ, MA PER FORTUNA MI HANNO RI-COVERATO.
IO NON SONO UN'INSALATA COME TUTTE LE ALTRE. SONO UN'INSALATA DI-VERZA.
PERCHÉ SEI TRISTE?
WATER MI HA SCARICATO.
IO SONO UN CALAMARO.
IO UN CALADOLCE.

1 COMPLETA LA BATTUTA

NON RIESCO A DORMIRE. POTETE AIUTARMI?
CERTO...
☐ ... TI DAREMO UNA MANO!
☐ ... SIAMO TUE AMICHE!
☐ ... CONTA PURE SU DI NOI.

2 INDOVINELLI

A) IERI L'ALTRO KENNY AVEVA 11 ANNI. L'ANNO PROSSIMO NE COMPIRÀ 14... COM'È POSSIBILE?
QUESTA TORTA NON È DRITTA... È S-TORTA.
LO SO! ☐ NON LO SO! ☐

B) STAI FUGGENDO IN UN BOSCO MA A UN CERTO PUNTO TI SI PRESENTA DAVANTI UN MOSTRO.
QUALE TRA QUESTI 3 VORRESTI INCONTRARE PER AVERE SALVA LA VITA? IL LUPO MANNARO (A), DRACULA (B) O LA MUMMIA (C)?
NON SONO IN VENA DI INCONTRARE DRACULA.
A ☐ B ☐ C ☐

SOLUZIONI DI PAGINA 47:

① ... CONTA PURE SU DI NOI. ② A) È POSSIBILE SE KENNY HA COMPIUTO 12 ANNI IL 31 DICEMBRE E L'OGGI DELL'INDOVINELLO È L'1 GENNAIO. QUINDI QUEST'ANNO COMPIRÀ 13 ANNI E L'ANNO PROSSIMO NE COMPIRÀ 14.
B) SCEGLI IL LUPO MANNARO (A) PERCHÉ NON C'È LA LUNA PIENA E QUINDI È IN FORMA UMANA.

PERSONA CHE NON ASCOLTA

SCOMMETTO CHE NON HAI ASCOLTATO NULLA DI QUELLO CHE TI HO DETTO.
CHE STRANO MODO DI INIZIARE UNA CONVERSAZIONE.

I GATTI HANNO CAPITO TUTTO

SEI SICURO DI QUESTA COSA?
CERTO. NEL MOMENTO IN CUI COMINCERAI A CAMMINARE SU DUE GAMBE LORO TI MANDERANNO A SCUOLA. È PER QUESTO CHE MI MUOVO A QUATTRO ZAMPE.

1 INDOVINELLO

KENNY? QUAL È IL NUMERO MANCANTE?
PROF, MA È FACILE! È IL NUMERO 7!
6=3
8=4
10=5
12=6
14=?
NO! HAI SBAGLIATO!

HAI CAPITO COME MAI KENNY HA SBAGLIATO?
SÌ, L'HO CAPITO ☐ NO, NON L'HO CAPITO ☐

2 INDOVINELLO

È POSSIBILE CREARE UN QUADRATO SPOSTANDO SOLO UNO DEI FIAMMIFERI?
SÌ, È POSSIBILE ☐ NO, NON È POSSIBILE ☐

SAPETE COME SI CHIAMA LA EX DI UN FIAMMIFERO? VECCHIA FIAMMA!

SOLUZIONI DI PAGINA 49:

1 IL NUMERO MANCANTE È 11 PERCHÉ "QUATTORDICI" È COMPOSTO DA 11 LETTERE. 2 È POSSIBILE. BASTA SPOSTARE LEGGERMENTE IL FIAMMIFERO IN ALTO PER FAR SÌ CHE SI CREI UNO SPAZIO A FORMA DI QUADRATO TRA I FIAMMIFERI.

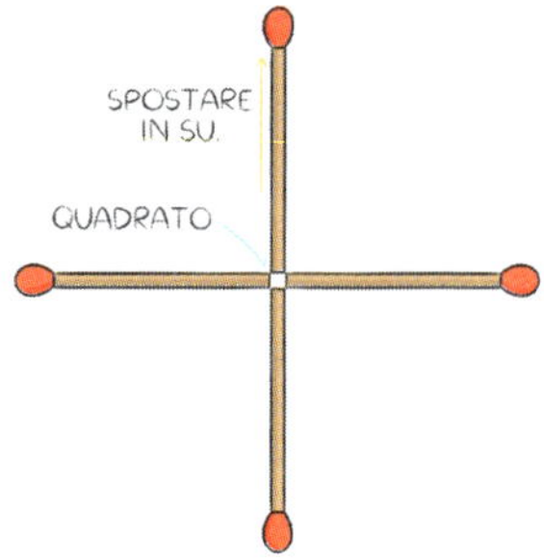
SPOSTARE IN SU.
QUADRATO

MI DISSOCIO!

GUARDA MILANO, CHE CIELO NERO.
MA NON TI VERGOGNI A CHIEDERMI QUESTE COSE!

SOLO PER CHI USA "OFFICE"

NON RIESCO AD APRIRE QUESTO VINO.
È DOC?
SÌ.
ALLORA USA WORD.

BATTUTE BREVISSIME

QUAL È IL TUO SNACK PREFERITO?
IL TRONKY.
EMICRANIA?
NO, COLLA RAPIDA.
SEI IL SOLITO IMMATURO! QUANTI ANNI HAI?
13!
IO ALLA TUA ETÀ NE AVEVO 14!
PUZZLE, COME MAI SEI TRISTE?
NON STO BENE. OGGI MI SENTO A PEZZI.
LA MACCHINA NON VA?
HAI CONTROLLATO LE SPIE?
COSA? CI STANNO SEGUENDO?
IO PARLO DUE LINGUE.
QUALI?
DI GIORNO ITALIANO E DI NOTTE RUSSO.

DOVE VA UN ASINO LUDOPATICO? VA AL C-ASINÒ.

QUANDO CREI UN ACCOUNT

NON RIESCO A CREARE L'ACCOUNT.
HAI SCRITTO E CONFERMATO L'EMAIL?
SÌ.
CHE STRANO... FAMMI VEDERE.
Crea l'account:
Indirizzo e-mail:
kenny@peramail.it
Conferma indirizzo e-mail:
Sì, è il mio indirizzo.

BATTUTINA:
TI AMO.
DIMMELO ALL'INFINITO.
TI AMARE.

① COMPLETA LE BATTUTE

PUOI SPEGNERE LA MUSICA.
NO, PERCHÉ...
☐ ... C'È LA MIA CANZONE!
☐ ... MI STAI ANTIPATICO!
☐ ... SONO RADIOATTIVA.

HO DORMITO COME UN SASSO... E TU?
ANCHE IO HO DORMITO...
☐ ... VERAMENTE BENE.
☐ ... COME UN GHIRO.
☐ ... SPLENDIDAMENTE.

② INDOVINELLO

È POSSIBILE OTTENERE 4 TRIANGOLI UGUALI SPOSTANDO PRECISAMENTE 3 STUZZICADENTI?

SÌ, È POSSIBILE ☐ NO, NON È POSSIBILE ☐

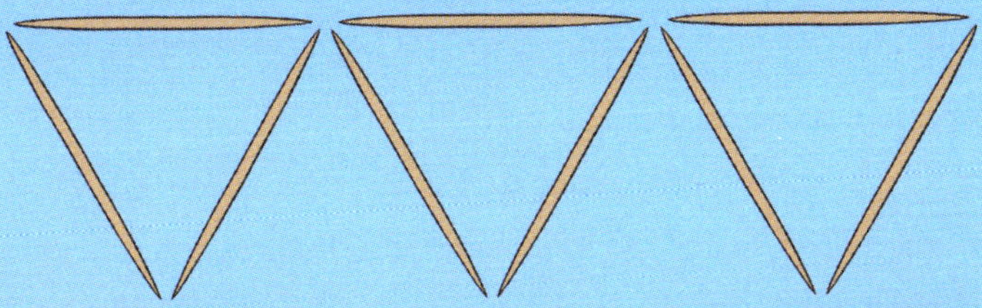

COSA DICONO DUE STUZZICADENTI CHE VEDONO PASSARE UN RICCIO? DICONO: "OH, NO... ABBIAMO PERSO L'AUTOBUS!".

SOLUZIONI DI PAGINA 53:
1 SONO RADIOATTIVA - COME UN GHIRO.
2 SÌ, È POSSIBILE. FACENDO COME NELLA FIGURA QUI A DESTRA.

NOMI CHE DERIVANO DA FIORI E PIANTE

MI CHIAMO MARGHERITA PERCHÉ DA PICCOLA MI SI È APPOGGIATA UNA MARGHERITA IN TESTA.
MI CHIAMO VIOLA PERCHÉ DA PICCOLA MI SI È APPOGGIATA UNA VIOLA IN TESTA.
MI CHIAMO ROSA PERCHÉ DA PICCOLA MI SI È APPOGGIATA UNA ROSA IN TESTA.
PIACERE, PINO.

1
CHI HA UCCISO KENNY?
NONNA PINA ☐ O NONNO UGO ☐?
STAVO CUCINANDO 43 POLPETTE!
STAVO GIOCANDO A BRISCOLA.
21 7 15

2 INDOVINELLI DA RIDERE

A) COME SI CHIAMA QUESTO BOVINO CHE HA UN MARTELLO E UN MANTELLO?
LO SO! ☐ NON LO SO! ☐

B) IN UNA STANZA, NEL PIÙ ASSOLUTO SILENZIO, CI SONO UN CAPORALE, UN TENENTE E UN COLONNELO. CHI HA IL GRADO PIÙ ALTO?
LO SO! ☐ NON LO SO! ☐

SOLUZIONI DI PAGINA 55:

① È NONNO UGO PERCHÉ: 1) I NUMERI 21, 7 E 15 SONO LE RISPETTIVE LETTERE DELL'ALFABETO U, G E O. 2) KENNY NON HA FERITE DA ARMA DA TAGLIO. 3) IL BASTONE DI NONNO È DANNEGGIATO PERCHÉ È STATO USATO PER COLPIRE KENNY IN TESTA. ② A) TOR.
B) IL SILENZIO PERCHÉ È GENERALE.

LAVATRICE SBAGLIATA

HAI FATTO LA LAVATRICE COME TI HO DETTO?
CERTO CARA... MA È SUCCESSA UNA COSA STRANA.
IN PRATICA HO MESSO IL BUCATO NELLA LAVATRICE, HO TIRATO L'ACQUA E IL BUCATO È SPARITO.

OGNI LAVORO HA LA SUA DIGNITÀ

FACCIO UN LAVORO MOLTO IMPORTANTE E DI RESPONSABILITÀ. PENSA CHE HO 1.000 PERSONE SOTTO DI ME.
BRAVO! CHE LAVORO FAI?
TAGLIO L'ERBA AL CIMITERO.

1 TROVA L'OMBRA GIUSTA

IL DOTTORE MI HA DETTO CHE NON DEVO MANGIARE FAST FOOD, QUINDI HO SMESSO DI CIBARMI DI GAZZELLE.
A ☐
B ☐
C ☐

2 INDOVINELLI

A) PER SCAPPARE DA UNO ZOO DEVI OLTREPASSARE UNA DELLE TRE STANZE: NELLA PRIMA CI SONO DEGLI ORSI, NELLA SECONDA DELLE TIGRI E NELLA TERZA DEGLI SQUALI BALENA. QUALE SCEGLI?

A
ORSI
B
TIGRI
C
SQUALI BALENA
IO NON CI VOLEVO NEANCHE VENIRE ALLO ZOO!
A ☐ B ☐ C ☐

B) QUAL È QUELLA PAROLA CHE SI SCRIVE CON 4 LETTERE, MA È ANCHE FORMATA DA 2. TUTTAVIA È SCRITTA CON 8 LETTERE, E CON UNA. SPESSO È FORMATA DA 6 LETTERE MA MAI VIENE SCRITTA CON 3.

L'HAI CAPITO QUESTO INDOVINELLO?
NON C'HO CAPITO 'NA MAZZA.
BOH! ☐ È GIUSTO! ☐

PIANO GENIALE (PARTE 1)

TU HAI VOGLIA DI LAVORARE OGGI?
NO.
NEANCHE IO.
DOBBIAMO CONVINCERE IL CAPO A DARCI UN GIORNO DI RIPOSO.
FIGURATI... NON CI RIUSCIREMO MAI.
ASPETTA, MI È VENUTA UN'IDEA!
POCO DOPO:
CIAO, CAPO.
COSA STAI FACENDO A TESTA IN GIÙ APPESO AL SOFFITTO?
SONO UNA LAMPADINA.
DAI, NON SCHERZARE... VIENI GIÙ E TORNA A LAVORARE.

DUE FRATELLI SONO NATI NELLO STESSO ANNO E GIORNO MA NON SONO GEMELLI. COME MAI? PERCHÉ ESSENDO NATI A LUGLIO SONO DEL CANCRO.

PIANO GENIALE (PARTE 2)

NON POSSO. SONO UNA LAMPADINA.
OH, CAVOLO... HAI LAVORATO COSÌ TANTO CHE SEI IMPAZZITO.
PRENDITI UN GIORNO DI RIPOSO.
GRAZIE, CAPO.
ALLORA VADO A CASA ANCHE IO, CAPO.
COSA? E PERCHÉ?
MICA POSSO LAVORARE AL BUIO.

RECENTI STUDI HANNO SCOPERTO CHE IL FIUME NILO È PIÙ LUNGO DEL FIUME PO DI DUE LETTERE.

SOLUZIONI DI PAGINA 57:

① L'OMBRA GIUSTA È LA "B". ② A) LA C PERCHÉ GLI SQUALI BALENA SONO INNOCUI. B) È GIUSTO PERCHÉ "QUAL" È COMPOSTA DA 4 LETTERE, "MA" DA 2, "TUTTAVIA" DA 8, "E" DA UNA, "SPESSO" DA 6 E "MAI" DA 3 LETTERE.

PERCEZIONE DEL TEMPO E DEL DENARO

ONNIPOTENTE, COS'È PER TE UN MILIONE DI ANNI?
UN MINUTO.
COS'È PER TE UN MILIONE DI EURO?
UN CENTESIMO.
ONNIPOTENTE... MI DARESTI UN CENTESIMO?
OK... TRA UN MINUTO.

1

CHI HA UCCISO KENNY?
NIGIRI ☒ O MAKI ☐ ?
CHE IMPRESSIONE! UN MORTO! SPERIAMO CHE RESUSHITI!
AH, ECCO! MI AVEVANO DETTO CHE ERI TANTO SUSHIETTIBILE.
MA-KI TE L'HA DETTO?

2 COMPLETA LE BATTUTE

HO DATO UN NOME ALLA MIA CHELA.
COME L'HAI CHIAMATA?
OVVIAMENTE L'HO CHIAMATA...
☐ ... FRANCESCA.
☐ ... GIULIA.
☒ ... MICHELA.

PERCHÉ HA DELLE BANANE SULLA TESTA?
PERCHÉ...
☐ ... MI PIACE LA FRUTTA.
☒ ... È UN CASCO.
☐ ... VA DI MODA.

SOLUZIONI DI PAGINA 61:

① IL COLPEVOLE È NIGIRI PER QUESTA RAGIONE:
1) MAKI NON HA LE BRACCIA PER POTER IMPUGNARE LA SPADA QUINDI PER ESCLUSIONE È STATO NIGIRI A FAR FUORI KENNY.

② MICHELA - È UN CASCO.

FRUTTA DI BOSCO CHE SENTE FREDDO

COME MAI STATE TREMANDO?
PERCHÉ SIAMO TRE-MORE.

ASTA L'HA VISTA

HO COMPRATO CASA ALL'ASTA.
BRAVO.
POCO DOPO:
ASTA, QUELLA È LA TUA NUOVA CASA.
GRAZIE!

BATTUTE BREVISSIME

AGLIENO
DIMMI DOVE SONO I SOLDI OPPURE FARÒ FUORI TUTTI QUELLI CHE AMI.
IO TI AMO.
DOVEVI PROPRIO FARE LA CACCA SUL TAVOLO?
DON PERA-GNON
TI PIACE FESTEGGIARE IL CAPODANNO?
SÌ, MI DIVERTO SEMPRE UN BOTTO.
CIOCCO-LATO.
CIOCCO-ANGOLO.

HANNO ARRESTATO UN CONCORSO... ERA BANDITO.

TEST DEL GURU

SEGUI QUESTI PASSAGGI:

1) SCEGLI UN NUMERO DA 1 A 9.
2) MOLTIPLICALO PER 2.
3) AGGIUNGI 5.
4) MOLTIPLICALO PER 5 E TIENI A MENTE IL RISULTATO.
5) ADESSO SCEGLI UN ALTRO NUMERO DA 1 A 9.
6) AGGIUNGILO AL NUMERO CHE AVEVI TENUTO A MENTE.
7) SOTTRAI 25... ADESSO HAI UN NUMERO DI DUE CIFRE.
8) LA PRIMA CIFRA È IL PRIMO NUMERO CHE HAI PENSATO! LA SECONDA CIFRA È IL SECONDO NUMERO CHE HAI PENSATO!

TI TORNA?

SÌ ☐ NO ☐

① INDOVINELLO

DISEGNA 6 CERCHI SENZA MAI FARE TRIS!
VUOI GIOCARE A TRIS, TE?
NO, PREFERISCO GIOCARE A FELICE.
CE L'HAI FATTA? SÌ ☐ NO ☐

② INDOVINELLO

È POSSIBILE CREARE 3 QUADRATI SPOSTANDO 4 FIAMMIFERI?
SÌ, È POSSIBILE ☐ NO, NON È POSSIBILE ☐
MA UN QUADRATO SENZA LATI... SI DICE QUADRAO?

SOLUZIONI DI PAGINA 65:
① GUARDA QUI A DESTRA PER VEDERE LA SOLUZIONE. ② SÌ, È POSSIBILE. GUARDA LA FIGURA A DESTRA.

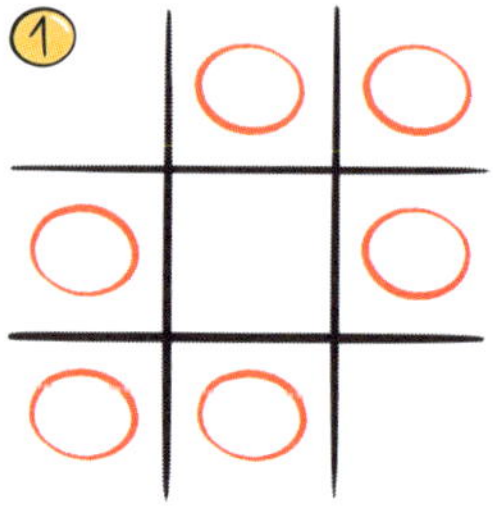
1

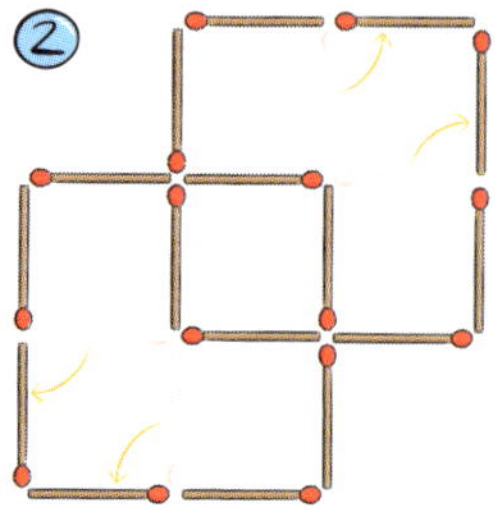
2

CASA INFESTATA

PAPÀ, CREDI NEI FANTASMI?
NO.
MA LA NOSTRA DOMESTICA HA DETTO CHE ESISTONO.
FIGLIO... FAI SUBITO LE VALIGIE!
PERCHÉ?
NON ABBIAMO LA DOMESTICA!

GIUGNO CERVO

QUANTI ANNI HAI?
HO COMPIUTO 18 ANNI DA POCO.
AH, QUINDI SEI MAGGIO-RENNA. EH EH!

BATTUTE BREVISSIME

MI HANNO CHIUSO L'ATTIVITÀ.
COME MAI?
FACEVO AFFARI SPORCHI.
COME MAI MI HAI CREATO CON UN SOLO MENTO?
MI DISPIACE ADAMO, NON POTEVO FARE ALTRI-MENTI.
PRONTO? CENTRA-LINO?
NO, LUI NON HA COLPE.
USCIAMO UNO DI QUESTIGIORNI?
NON SONO IN FORMA E HO MOLTI IMPEGNI MA VEDO SE HO UN BUCO LIBERO.
C'È TROPPO BUIO, POTRESTI RISOLVERE IL PROBLEMA?
PERCHÉ PROPRIO IO?
PERCHÉ FAI AL-LUCE!
PROF DI MATEMATICA, DOVE VIVE LEI?
VIVO IN UNA FRAZIONE DI POTENZA.

NON CAPISCO COME MAI QUANDO CI SONO GLI SCONTRI A FUOCO NEI FILM C'È SEMPRE UNA CIECA A CUI TUTTI VOGLIONO SPARARE.

CANE GUIDA (PARTE 1)

SIGNORE, IN QUESTO BAR NON SONO AMMESSI CANI.
SONO CIECO E QUESTO È IL MIO CANE GUIDA.
MI SCUSI, ALLORA PUÒ RESTARE.
EH EH... C'È CASCATO.
POCO DOPO:
CIAO KENNY, DOVE STAI ANDANDO?
BAR
VADO AL BAR.
GUARDA CHE I CANI NON POSSONO ENTRARE.
BAR

DOVE VANNO A COMPRARE LE MEDICINE I MAGHI?
IN FARMAGIA.

CANE GUIDA (PARTE 2)

SE IL BARISTA TI DICE QUALCOSA DIGLI CHE SI TRATTA DI UN CANE GUIDA.
BAR
OK, GRAZIE PER LA DRITTA.
BAR
POCO DOPO:
SIGNORE, IN QUESTO BAR NON SONO AMMESSI CANI.
SONO CIECO E QUESTO È IL MIO CANE GUIDA.
NON È POSSIBILE CHE UN BASSOTTO SIA UN CANE GUIDA!
COSA? MI HANNO DATO UN BASSOTTO?

MA DUE CAVALLI LONTANI CHE SI STROVANO A UNA UGUALE DISTANZA DA UN PUNTO SONO EQUI-DISTANTI?

MARITO SMEMORATO

QUALCHE GIORNO FA IO E MIA MOGLIE SIAMO STATI IN UN BEL RISTORANTINO IN CENTRO DOVE ABBIAMO MANGIATO D'INCANTO.
TI CONSIGLIO VIVAMENTE DI ANDARCI.
AH, BENE. QUAL È IL NOME DEL LOCALE?
ASPE'... NON MI VIENE... QUAL È IL NOME DI QUEL FIORE CHE DAI A QUALCUNO CHE AMI? DAI, QUELLO ROSSO, CON LE SPINE.
VUOI DIRE LA ROSA?
SÌ, BRAVO.
ROSAAAAA... COM'È CHE SI CHIAMA QUEL RISTORANTINO DOVE SIAMO ANDATI L'ALTRA SERA?

RECENTI STUDI HANNO SCOPERTO CHE I TORI CHE HANNO FIGLI SONO MOLTO PIÙ INTELLIGENTI PERCHÉ SONO GENI-TORI.

1 INDOVINELLO

MUOVENDO 2 STUZZICADENTI È POSSIBILE SPOSTARE L'OLIVA FUORI DAL BICCHIERE CONSERVANDO LA FORMA DEL BICCHIERE?

SÌ, È POSSIBILE ☐ NO, NON È POSSIBILE ☐

COSA DICE UN'OLIVA PER DICHIARARE IL PROPRIO AMORE A UN CHICCO D'UVA? DICE: "TI OLIO BENE E TI ACETO COME SEI".

2 INDOVINELLI

A) UN LADRO VIENE CONDANNATO A MORTE, MA IL RE, ESSENDO DI BUON UMORE, GLI DÀ LA POSSIBILITÀ DI SCEGLIERE IL MODO IN CUI MORIRE. SECONDO TE IL LADRO RIESCE A SALVARSI LA VITA?

SÌ ☐ NO ☐

MI CHIAMO LAX E SONO IL SOVRANO PIÙ TRANQUILLO DEL MONDO.
AH, SEI IL FAMOSO RE LAX.

B) UN PAZZO TI HA RINCHIUSO IN UNA STANZA DANDOTI DELLA CARNE DA MANGIARE E UN SECCHIO. CI SONO 3 PORTE DA CUI PUOI SCAPPARE. OLTRE LA "A" C'È UNA VASCA CON UN COCCODRILLO MA TU NON SAI NUOTARE. OLTRE LA "B" C'È UN INCENDIO E OLTRE LA "C" CI SONO DEI RAGNI VELENOSI. QUALE PORTA PRENDI PER FUGGIRE? A ☐ B ☐ C ☐

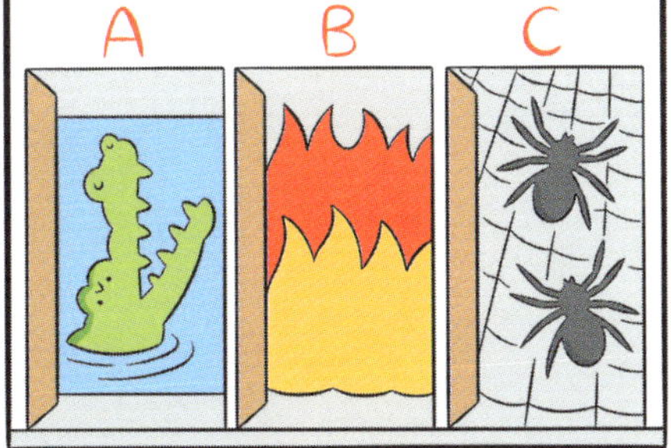
A
B
C

SOLUZIONI DI PAGINA 71:

(1) SÌ, È POSSIBILE. GUARDA LA SOLUZIONE QUI A DESTRA. (2) A) SÌ, RIESCE A SALVARSI LA VITA IN QUEL MOMENTO PERCHÉ CHIEDE DI MORIRE DI VECCHIAIA. B) APRI LA PORTA "A". DISTRAI IL COCCODRILLO CON LA CARNE. RIEMPI IL SECCHIO CON L'ACQUA DELLA PORTA "A" E SPEGNI IL FUOCO DELLA PORTA "B". POI FUGGI DALLA "B".

(1)

ANCHE GLI UOMINI PIANGONO

LA MIA RAGAZZA MI HA LASCIATO E LA COSA PIÙ BRUTTA È NON POTER PIANGERE IN CASA.
HAI UNA VISIONE SUPERATA DEI RUOLI! GUARDA CHE ANCHE NOI UOMINI POSSIAMO PIANGERE.
LO SO, MA SE IO LO FACESSI POI MIA MOGLIE POTREBBE SOSPETTARE QUALCOSA.

1 COMPLETA LE BATTUTE

HO LAVORATO COME UN MULO, ANDIAMO A MANGIARE QUALCOSA?
SÌ...
... ANDIAMO IN PIZZERIA.
... HO UNA FAME DA LUPO.
... MANGIAMO IL SUSHI.

COME VI CHIAMATE?
IO MI CHIAMO KABIR.
E IO MI CHIAMO...
... YUTU.
... WYNONO.
... SENZABIR.

2 INDOVINELLI

A) È POSSIBILE TAGLIARE QUESTA TORTA IN 8 PARTI UGUALI FACENDO SOLO 3 TAGLI?
SÌ, È POSSIBILE
NO, NON È POSSIBILE
QUESTA È PROPRIO UNA DOMANDA CONTORTA.

B) SAI PERCHÉ IL LATTE CHE NON CADE MAI NON PUÒ ESSERE BEVUTO?
LO SO NON LO SO
OGGI MI SENTO UN PO' STANCO. SONO PARZIALMENTE STREMATO.

SOLUZIONI DI PAGINA 73:

① HO UNA FAME DA LUPO - SENZABIR.

② A) SÌ, È POSSIBILE. TAGLIANDO L'ALTEZZA A METÀ (GIALLO) E POI TAGLIANDO ORIZZONTALMENTE (ROSSO) E VERTIVALMENTE (BLU). GUARDA L'IMMAGINE A DESTRA.

B) PERCHÉ È "SCADUTO", EH EH!

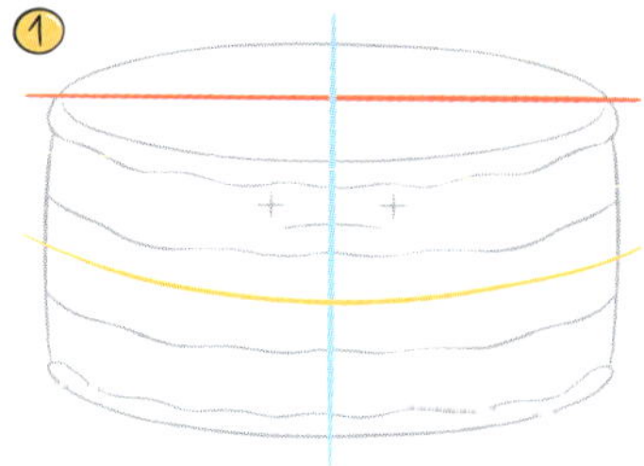

1

MODO SBAGLIATO DI DIRE LE COSE

NON POSSO VENIRE, SONO ALL'OSPEDALE PER VIA DI MIO CUGINO. NON PUÒ NÉ CAMMINARE NÉ PARLARE.
OH, CAVOLO! COSA GLI È SUCCESSO?
È NATO 3 ORE FA.

BATTUTA DEDICATA A SILVIA

SEMPRE CARO...
MI FU QUEST'ERMO COLLE.
PERCHÉ STATE RECITANDO L'INFINITO?
PERCHÉ SIAMO LEOPARDI.

TRA SACCHI DELLA SPAZZATURA

QUELLA LAGGIÙ È LA SORELLA DI TUA MAMMA?
SÌ, È LA MIA IMMONDI-ZIA.

PROF DI STORIA

COME MAI SI CHIAMAVANO ASSIRI?
PERCHÉ IL NOME AS-ALEXA NON GLI PIACEVA.

AL RISTORANTE

LE HO PORTATO I FAGIOLI CHE MI HA ORDINATO.
GRAZIE.
AVETE VISTO IL FILM:
FAGIOLI ALL'UCCELLETTO

BATTUTINA:
LA CAMICIA CHE INDOSSI È DI LINO?
NO, È LA MIA.

BATTUTE BREVISSIME

CIAO FIENO, MI HANNO DETTO CHE STAI CON SOFIA.
NON È VERO.
ALLORA ERA UNA BALLA.
PERCHÉ NON TI SENTIVO PIÙ?
MI È CADUTA LA LINEA.
LUI È IL MIO CANE GOOGLE.
PERCHÉ SI CHIAMA COSÌ?
È UN CANE DA RICERCA.
STILE D'ORSO
SECONDO TE SONO BELLO DIVISO?
DI VISO NO MA HAI UN BEL FISICO.
IO FACCIO LE PREGHIERE A CASO.
SCUSA MA CHI SEI?
SONO IL REVE-RANDOM.

COSA FANNO I TELEVISORI QUANDO SI ANNOIANO?
SI GIRANO I POLLICI.

1 INDOVINELLI

A) È POSSIBILE METTERE L'ARANCIATA E L'ACQUA NEL RECIPIENTE SENZA CHE L'ARANCIATA E L'ACQUA SI MISCHINO INSIEME? NOTA: NON PUOI USARE NESSUNA DISIVIONE. SÌ, È POSSIBILE ☐ NO, NON È POSSIBILE ☐
COME POSSO FARE A NON MISCHIARMI CON TE?
BOH, ARANCIATI!

B) È POSSIBILE PER UN UOMO STARE SOTT'ACQUA PER OLTRE 20 MINUTI SENZA USARE LE BOMBOLE DA SUB? SÌ, È POSSIBILE ☐ NO, NON È POSSIBILE ☐
SAPETE COME SI CHIAMA L'APPLICAZIONE PER SMART WATCH CHE TI PERMETTE DI STARE SOTT'ACQUA SENZA RESPIRARE? SI CHIAMA APP-NEA.

2 INDOVINELLI

A) LA SIGNORA E IL SIGNOR VERDI HANNO 7 FIGLIE E OGNUNA DI LORO HA UN FRATELLO. DA QUANTE PERSONE È FORMATA LA FAMIGLIA VERDI?
16 ☐ 14 ☐ 10 ☐ 8 ☐
SONO DI NUOVO INCINTA.
PARTO SPONTANEO.
PREFERISCO FARE IL CESAREO.
COS'HAI CAPITO. SONO IO CHE PARTO SPONTANEO. VADO A CUBA.

B) TROVA L'INTRUSO: QUALE DI QUESTE FIGURE ELIMINERESTI?
A ☐ B ☒ C ☐ D ☐
A
B
C
D

SOLUZIONI DI PAGINA 76: ① A) SÌ, È POSSIBILE CONGELANDO PRIMA L'ACQUA E POI METTENDOCI L'ARANCIATA. B) SÌ, È POSSIBILE BASTA METTERSI UN BICCHIERE PIENO D'ACQUA SOPRA LA TESTA E RESTARE COSÌ PER 20 MINUTI. ② A) DA 10 PERSONE (7 FIGLIE, UN FIGLIO, LA MAMMA E IL PAPÀ). B) L'INTRUSO È "A" PERCHÉ NON HA NESSUN ELEMENTO CHE LO CARATTERIZZA.

IL GIORNO PIÙ BELLO DI UNA COPPIA

QUAL È STATO IL GIORNO PIÙ BELLO DELLA VOSTRA VITA?
LO DICIAMO INSIEME, AMORE?
VA BENE, CARA.
QUANDO...
QUANDO...
... CI SIAMO SPOSATI.
... ABBIAMO VINTO LA CHAMPIONS.

1

CHI HA UCCISO KENNY?
LATTE ☐ O COOKIE ☐ ?
SE DOVESSI MORIRE VORREI ESSERE S-CREMATO.
PERCHÉ PARLI SEMPRE?
SONO LATTE A LUNGA CONVERSAZIONE.
LATTE

2

INDOVINELLI DA RIDERE

A) QUESTO W.C. È IL SANTO DEI GABINETTI... COME SI CHIAMA?
LO SO! ☐ NON LO SO! ☐

B) PERCHÉ L'AGENTE HA FERMATO QUESTO LUPO MENTRE ERA ALLA GUIDA?
LO SO! ☐ NON LO SO! ☐

SOLUZIONI DI PAGINA 79:

① IL COLPEVOLE È IL COOKIE PER QUESTE RAGIONI: 1) COOKIE TIENE NELLA MANO SINISTRA UNA PISTOLA FUMANTE. 2) MOVENTE: KENNY HA DATO UN MORSO A COOKIE. ② A) SAN ITARIO. B) PERCHÉ IL LUPO HA FATTO INVERSIONE AUUU...

FREDDURA TERRIFICANTE

LO SAPEVI CHE IN AFRICA SI PULISCONO I DENTI CON GLI STRUZZI CHE CASCANO PER TERRA?
COME MAI?
PERCHÉ SONO STRUZZI-CADENTI.

RISPOSTA PERFETTA

MAMMA, MI SERVONO 20 EURO.
ANCHE A ME.

PROF DI VITA

SONO LA STESSA COSA.
TI FACCIO SAPERE = NON VENGO

ANIMALE IN CASA

QUELL'ANIMALE È SOLO CAPACE DI ABBUFFARSI E POLTRIRE.
STA PARLANDO DI ME O DI TE?

MEDUSA PARTICOLARE

COME MAI HAI QUELLA FORMA E SEI MARRONE?
PERCHÉ SONO UNA MERDUSA.

BATTUTINA:
NESSUNO MI PRENDE SUL SERIO.
MA DAI... SCHERZI?

BATTUTE BREVISSIME

CIAO, IO SONO DI BRATISLAVA... SONO SLO-VACCA.
STAI BENE?
SÌ... È TUTTO HOCKEY.
COME SI CHIAMA QUELLA CHE LEGGE LA MANO?
INDOVINA.
OK, TIENITI PURE I TUOI SEGRETI!
CIAO ORECCHIO, TI VEDO DIMAGRITO.
EH, SÌ... IN QUESTO PERIODO HO ASCOLTATO SOLO MUSICA LEGGERA.
MA UN'APE SUL TETTO È UN'APETTEGOLA? AH AH!
BASILICO, SE NON LA SMETTI CON LE FREDDURE TI PESTO!
MAMMA, PERCHÉ MI HAI CHIAMATO MOZART?
PERCHÉ SUONAVA BENE.

NON CAPISCO COME MAI ABBIANO CHIAMATO VIOLINO LO STRUMENTO CIOÈ... MA NON LO VEDETE CHE È MARRONCINO?

1
CHI HA UCCISO KENNY?
GENIO ☐ O GURU ☐ ?
STAVO CONSOLANDO L'EMIRO PERCHÉ LO IN-SULTANO.
IO STAVO MEDITANDO 39×21+182 GIORNI.
1000 E 1 NOTTE

2 COMPLETA LE BATTUTE

NON FIDANZARTI MAI CON UN AMERICANO.
COME MAI?
PERCHÉ...
☐ ... TI USA!
☐ ... VIVE LONTANO.
☐ ... AMA PIZZA E ANANAS.
HANNO CUCINATO MARIO E CI HA LASCIATO LE PENNE!
E COME?
PER COLPA...
☐ ... DI UN ASSASSINO.
☐ ... DELLA CONTADINA.
☐ ... DI UN ARROSTO CARDIACO!

SOLUZIONI DI PAGINA 82:

① IL COLPEVOLE È IL GENIO PERCHÉ: 1) GENIO HA SOTTERRATO L'ARMA DEL DELITTO ED È PER QUESTO CHE HA LA MANO SPORCA DI SABBIA. 2) 1000 E 1 NOTTE STA A SIGNIFICARE IL LIBRO DI RACCOLTE DOVE SI TROVA ANCHE LA STORIA DELLA LAMPADA DI ALADINO.

② TI USA - DI UN ARROSTO CARDIACO.

QUANDO NON TI RICORDI UN NOME

CAVOLO, NON MI RICORDO IL NOME DI QUESTA RAGAZZA.
LA CONOSCO DA UN BEL PO', MA NON MI VIENE PROPRIO IN MENTE IL NOME.
ELISA, VUOI PRENDERE COME SPOSO ALESSANDRO?
AH, ECCO! SI CHIAMA ELISA!

BATTUTINA:
CHI FU IL SUCCESSORE DI GIOTTO?
DIGIANNOVE.

BERE ALCOLICI FA MALE AL FEGATO

LEI BEVE ALCOLICI?
SÌ, QUANDO FESTEGGIO UN MIO SUCCESSO.
COME IMMAGINAVO... IL SUO FEGATO È IN PERFETTA SALUTE.

PIPI-STRELLI

SAI COME LO CHIAMANO IN INGHILTERRA IL BAGNO PER NOI PIPISTRELLI?
NO, COME?
LO CHIAMANO BAT-ROOM.

L'AMERICANO (PARTE 1)

TI PIACE LA MIA FATTORIA?
E QUESTA SAREBBE UNA FATTORIA?
NOI, IN AMERICA, ABBIAMO FATTORIE 100 VOLTE PIÙ GRANDI DI QUESTA.
E QUELLO CHE ANIMALE È?
È LA MIA PECORA.
PECORA? COSÌ PICCOLA? NOI, IN AMERICA, ABBIAMO PECORE 3 VOLTE PIÙ GRANDI DELLA TUA.

NON SFIDARE MAI QUELLI CHE FANNO LE STRADE.
TI ASFALTANO.

L'AMERICANO (PARTE 2)

E QUELLO CHE ANIMALE È?
È LA MIA MUCCA.
MUCCA? STAI SCHERZANDO? NOI, IN AMERICA, ABBIAMO MUCCHE 6 VOLTE PIÙ GRANDI DELLA TUA.
E QUELLO CHE ANIMALE È?
MA COME... NON L'HAI RICONOSCIUTO? È UN TOPO.

HO UNA BELLA E UNA BRUTTA NOTIZIA PER TE! LA BRUTTA È CHE NON HO UNA BELLA NOTIZIA PER TE E LA BELLA È CHE NON HO UNA BRUTTA NOTIZIA PER TE.

BATTUTE BREVISSIME

COSA CI FAI QUI AL PARCO?
STO PORTANDO A SPASSO IL CANINO.
PERCHÉ VUOI MORDERMI?
PERCHÉ MI STAI SUL SEDERE!
VORREI CAMBIARE I PANTALONI.
COSA C'È CHE NON VA?
LA VITA.
NON TI ABBATTERE, ANCHE LA MIA FA SCHIFO.
MAMMA, ESCO CON LA VESPA.
VADO A FARE UN GIRINO.
NESSUNO MI USA PIÙ NEI SOCIAL NETWORK.
LA SITUAZIONE È GRAMMATICA.
HA
SU UNA SCALA DA 1 A 10 QUANTO PENSI DI ESSERE INTELLIGENTE?
NON VEDO NESSUNA SCALA QUI IN GIRO.

COSA DICE UN CANE A UN ALTRO CANE CHE HA AVUTO UNA PERDITA DI UN CARO? GLI DICE "CAN-DOGLIANZE".

1 INDOVINELLI

A) TI HANNO NUOVAMENTE RINCHIUSO IN UNA STANZA. PER FUGGIRE CI SONO 3 PORTE. OLTRE LA "A" C'È UN DRAGO INCAVOLATISSIMO PERCHÉ HA LA GOLA INFIAMMATA, OLTRE LA "B" C'È UN ALIENO CATTIVISSIMO E OLTRE LA "C" C'È UN SERIAL KILLER CHE HA UCCISO 50 PERSONE NEL 1869. QUALE PORTA SCEGLI?
A ☐ B ☐ C ☐
A
B
C
B) STAI GUIDANDO UN PULMINO CON A BORDO 12 PERSONE. ALLA PRIMA FERMATA NE SCENDONO 5 E NE SALGONO 3. ALLA SECONDA FERMATA NE SCENDONO 6 E NE SALGONO 2. QUANTI ANNI HA IL CONDUCENTE? LO SO ☐
NON LO POSSO SAPERE ☐
PERCHÉ DICONO CHE SONO UN MEZZO DI TRASPORTO? IO SONO TUTTO INTERO!

2 INDOVINELLI

A) SE HO SEI CANDELE E NE SPENGO DUE, QUANTE CANDELE RIMANGONO?
2 ☐ 4 ☐ 6 ☐ 8 ☐
ERA A SCUOLA MARIO?
SÌ, CERA.
B) IN QUALE POSTO IL SABATO ARRIVA PRIMA DEL VENERDÌ?
LO SO ☐
NON LO SO ☐
DURANTE IL BLACK FRIDAY NESSUNO RIDE ALLE MIE BATTUTE PERCHÉ SONO SCONTATE.

SOLUZIONI DI PAGINA 89:

① A) LA PORTA "C" PERCHÉ L'ASSASSINO È MORTO DI VECCHIAIA. B) LO SAI PERCHÉ IL CONDUCENTE SEI TU QUINDI TU DOVRESTI SAPERE LA TUA ETÀ! ② A) SEMPRE 6. MICA SCOMPAIONO ALL'ISTANTE LE ALTRE! B) NEL DIZIONARIO.

MAI FARE QUESTA COSA!

UFFA! HO UNA PELLICINA SUL DITO!
ADESSO LA TOLGO.
STRIP!
AAAHHH...

1
CHI HA UCCISO KENNY?
IL FRATE □ O ROBI NUD □ ?
ERO AL BAR A BERE UNA COSA.
CAPPUCCINO?
NO, NON SONO CAPPUCCINO. MA CHE C'ENTRA?
TUCK

2 INDOVINELLI

A) QUANDO ARRIVA IL FREDDO SI SPOGLIA! CHI È?
LO SO □ NON LO SO □
UFFA! IO ODIO IL FREDDO E L'INVERNO!
SÌ... MA NON TI SCALDARE TROPPO!

B) QUAL È L'ANIMALE CHE CAMMINA CON I PIEDI SULLA TESTA?
LO SO □ NON LO SO □
DEVI ESSERE PIÙ SICURO DI TE! NON PRENDI MAI UNA DECISIONE SU DUE PIEDI!

SOLUZIONI DI PAGINA 91:

① IL COLPEVOLE È IL FRATE PERCHÉ: 1) LE ALETTE DELLA FRECCIA CONFICCATA SU KENNY SONO DI COLORE DIVERSO RISPETTO ALLE ALETTE DELLE FRECCE DI ROBI NUD. 2) TUCK È IL NOME DEL FRATE NELLE STORIE DI ROBIN HOOD. 3) DIETRO AL FRATE C'È UN ARCO.

② A) L'ALBERO. B) IL PIDOCCHIO.

NON VEDO ERRORI

PROF, PERCHÉ MI HA MESSO 3 AL COMPITO?
PER QUESTE 2 RISPOSTE CHE MI HAI SCRITTO!
TEST
1) Cosa si concluse nel 1945?
IL 1944.
2) Motiva la tua risposta.
VAI RISPOSTA!
CE LA PUOI FARE!
SEI LA NUMERO UNO!
SIAMO TUTTI CON TE!

CERVELLO CHE SMETTE DI FUNZIONARE

È ARRIVATO IL MOMENTO DI SALUTARLA. COSA LE DICO? BUONA GIORNATA O ARRIVEDERCI?
BUONAVEDERCI.

LE TRADIZIONI...

COME MAI QUANDO CUOCI IN PADELLA I WÜRSTEL TAGLI SEMPRE LE ESTREMITÀ?
NON SAPREI. È UNA COSA CHE FA SEMPRE MIA MAMMA.
IL GIORNO DOPO:
MAMMA, COME MAI QUANDO CUOCI IN PADELLA I WÜRSTEL TAGLI SEMPRE LE ESTREMITÀ?
NON SAPREI. È UNA COSA CHE FA SEMPRE TUA NONNA.
IL GIORNO DOPO:
NONNA, COME MAI QUANDO CUOCI IN PADELLA I WÜRSTEL TAGLI SEMPRE LE ESTREMITÀ?
COSA? ANCORA NON AVETE COMPRATO UNA PADELLA PIÙ GRANDE?

QUEST'ANNO ANDRÒ IN VACANZA A 1160 KM DA BARCELLONA...
RIMARRÒ A CASA.

AL MARE

HO COMPRATO UN GOMMONE DI DUE METRI.
E COSA DEVI CANCELLARE DI COSÌ TANTO GRANDE?

DAL MEDICO

UN BICCHIERE DI VINO A TAVOLA LO PUÒ BERE.
DOTTORE... NON SARÀ TROPPO? IO FACCIO IL FALEGNAME.

BATTUTA GIGA CHAD!

ISOLA DI PASQUA:
ISOLA DI PASQUETTA:

BATTUTINA:
COSA STAI STUDIANDO?
L'ELFABETO.
ABC

1

INDOVINELLI

A) DUE PERSONE NASCONO NELLO STESSO MOMENTO, MA NON HANNO LA STESSA DATA DI NASCITA. COME PUÒ ESSERE?
LO SO ☐ NON LO SO ☐
MIO FIGLIO È NATO IERI.
MIA FIGLIA È NATA OGGI.
MAGARI DA GRANDI SI FIDANZERANNO.
IMPOSSIBILE... TUO FIGLIO HA IL DOPPIO DELL'ETÀ DI MIA FIGLIA!

B) SE UNA MELA COSTA 20 CENTESIMI, UN ANANAS 30, UN'ALBICOCCA 40 E UN MANDARANCIO 50. QUANTO COSTA UNA PERA?
LO SO ☐ NON LO SO ☐
PERA E KENNY VANNO NELL'ISOLA TUNISINA DI GERBA.
COME MAI QUESTA MELA NON È MATURA?
PERCHÉ È A-GERBA.

2

INDOVINELLI

A) KENNY FINISCE IN PARADISO E SCOPRE CHE LÌ LE PERSONE SONO COPERTE SOLO DA DELLE FOGLIE DI FICO. A UN CERTO PUNTO VEDE ADAMO ED EVA. COME HA FATTO A RICONOSCERLI?
LO SO ☐ NON LO SO ☐
CIAO ADAMO ED EVA.
SAPEVATE CHE LA STORIA DI ADAMO ED EVA È STATA IL PRIMO MELO-DRAMMA?

B) QUAL È IL NUMERO SUCCESSIVO DI QUESTA SERIE: 6.347, 3.476, 4.763...
LO SO ☐ NON LO SO ☐
SE IN UNA MANO HAI 100 EURO E NELL'ALTRA 200. COS'HAI IN TOTALE?
UN'ALLUCINAZIONE.

SOLUZIONI DI PAGINA 95:
1 A) È POSSIBILE PERCHÉ SONO NATI IN FUSI ORARI DIFFERENTI. B) COSTA 20 CENTESIMI (10 CENTESIMI PER OGNI VOCALE DEL NOME DEL FRUTTO).
2 A) LI HA RICONOSCIUTI PERCHÉ NON HANNO L'OMBELICO. B) È 7634 PERCHÉ È COME IL NUMERO PRECEDENTE MA CON LA PRIMA CIFRA IN FONDO.

PLAY ROTTA

PAPÀ, MIA SORELLA MI HA ROTTO LA PLAY! POSSIAMO VENDERLA ADESSO?
SE NON FUNZIONA TEMO DI NO.
SÌ, FUNZIONA. CAMMINA E PARLA.

1 TROVA LE DIFFERENZE

SO CHE SEI SPOSATA MA VORRESTI ESSERE LA MIA AMANTIDE?
NO, SONO RELIGIOSA.
DAI, MI FAI PERDERE LA TESTA!
SO CHE SEI SPOSATA MA VORRESTI ESSERE LA MIA AMANTIDE?
NO, SONO RELIGIOSA.
DAI, MI FAI FERDERE LA TESTA!

QUANTE SONO? 4☐ 5☐ 6☐ 7☐

2 COMPLETA LA BATTUTA

COME FAI A SAPERE TANTE COSE?
PERCHÉ...

☐ ... SONO UN GAS-DOTTO.
☐ ... NON CAPISCO UN TUBO.
☐ ... MI SONO LAUREATO.

SOLUZIONI DI PAGINA 97:

1 6 DIFFERENZE: 1) ZAMPA SINISTRA DELLA MANTIDE. 2) OCCHIO DESTRO DELLA MANTIDE. 3) OMBRA DEL TERRENO. 4) ZAMPA IN PIÙ DELLA MANTIDE. 5) SCHIENA DELLA MATIDE. 6) LA "F" DI FERDERE. 2 SONO UN GAS-DOTTO.

POVERINO

CIAO, STAI MANGIANDO DA SOLO?
SÌ.
BENE... MI SERVIVA LA SEDIA.

RISPOSTA ESATTA!

TROVA LA X.
6
8
X
MA È FACILE! ECCOLA QUI!

ALLA FINE CI RIMANE MALISSIMO

QUANTO COSTA IL GELATO?
3 EURO, MA FACCIO LO SCONTO AI BEI RAGAZZI.
GELATERIA
AH, GRAZIE! ALLORA QUANTO LE DEVO?
3 EURO.
GELATERIA

SOGNO CHE SI AVVERA

COSA VORRESTI FARE DA GRANDE?
MI PIACEREBBE LAVORARE NEL MONDO DELLA RISTORAZIONE.
QUALCHE MESE DOPO:

BATTUTINA:
MI AMI?
PREFERISCO LOS ANGELES.

BATTUTE BREVISSIME

PROVI QUALCOSA PER ME?
SÌ, ATTRAZIONE.

VIENI AL CONVEGNO DEGLI ATEI.
IO NON CREDO.
OTTIMO, CI VEDIAMO LÌ.

OGNUNO HA LE PROPRIE CARATTERISTICHE. TU PER ESEMPIO SEI BELLA E INTELLIGENTE... IO INVECE SONO UNO CHE DICE BUGIE.

NON GIOCARE MAI A CARTE CON QUELLA LÌ... BARA.

COME MAI QUEL CEMENTO?
SONO UN CALCE-STRUZZO.

PERCHÉ QUESTO FILM COSTA MENO?
PERCHÉ IL FINALE È SCONTATO.
-20%
CINEMA

IL METEO DICE CHE ARRIVERANNO VENTI GELATI.
CHISSÀ A CHE GUSTI SARANNO.

1
CHI HA UCCISO KENNY?
FANTASMA ☐ O SCHELETRO ☐?
ANF... ANF...
PERCHÉ HAI IL FIATONE?
RESPIRO MALE PERCHÉ HO IL FANT-ASMA.
MANGIAVO LA PIZZA.

2 INDOVINELLO DA RIDERE

COME MAI LE VESPE CHE SI METTONO IL ROSSETTO E IL FARD RIESCONO AD ANDARE VELOCISSIME?
LO SO! ☐ NON LO SO! ☐

SOLUZIONI DI PAGINA 101:

① IL COLPEVOLE È IL FANTASMA PER QUESTE RAGIONI: 1) KENNY HA IN MANO UN PEZZO DI LENZUOLO DI FANTASMA. 2) IL FANTASMA STA MENTENDO. HA IL FIATONE PER LA FATICA CHE HA FATTO NELL'UCCIDERE KENNY E NON PER IL FANT-ASMA. INFATTI L'ASSASSINO È SUDATO. ② PERCHÉ SONO VESPE TRUCCATE.

QUANDO HO LA TOSSE (COF, COF)

IO:
È SOLO TOSSE.
MAMMA:
È SOLO TOSSE.
DOTTORE:
È SOLO TOSSE.
GOOGLE:
STAI PER MORIRE!

1

CHI HA UCCISO KENNY?
MUFFIN □ O DONUT □?
ANDIAMO A MANGIARE?
SÌ, HO FAME. MI SENTO PROPRIO UN BUCO NELLO STOMACO.
IL KILLER È INVIDIOSO

2 TROVA LE DIFFERENZE

COSA C'È? NON AVETE MAI VISTO UNA ROSA CON LE SPINE?
COSA C'È? NON AVETE MAI VISTO UNA ROSA CON LE SPINE?

QUANTE SONO? 4□ 5□ 6□ 7□

SOLUZIONI DI PAGINA 103: ① È DONUT PERCHÉ:
1) VICINO A KENNY C'È UNO ZUCCHERINO COLORATO.
2) MOVENTE: DONUT ERA INVIDIOSO DEL FATTO CHE KENNY ABBIA DATO UN MORSO A MUFFIN INVECE CHE A LUI.
② 6 DIFFERENZE: 1) PARTE SOPRA DEL FIORE. 2) DENTE. 3) FOGLIA DESTRA. 4) COLORE VASO. 5) LINEA SPINA SINISTRA. 6) PEZZO CENTRALE SPINA DESTRA.

LOOP INFINITO

CIAO, IO SONO ROBIN HOOD. RUBO AI RICCHI PER DONARE AI POVERI.
TIENI, TI HO PORTATO QUESTE MONETE D'ORO.
GRAZIE MILLE ROBIN HOOD! ADESSO SONO RICCO!
COSA?! DAMMI TUTTI I TUOI SOLDI!

QUANDO SI AMMALA UN UOMO

AMORE, STO MORENDO. PORTAMI CARTA E PENNA CHE FACCIO IL TESTAMENTO.
SEI IL SOLITO ESAGERATO. HAI SOLO 37,2 DI FEBBRE.

AH, ECCO!

COME PUOI DIRE COSÌ TANTE COSE STUPIDE IN UN GIORNO?
MI ALZO PRESTO.

BARCAMENARSI

BATTUTINA:
NON CI SONO "MA" NEL MATRIMONIO!
INVECE SÌ, SONO LE PRIME DUE LETTERE.

IL MIO CERVELLO ALLE 3 DEL MATTINO

I PESCI BEVONO?
ZITTO, CERVELLO, LASCIAMI DORMIRE.

BATTUTINA:
SII ONESTO, COME MI TROVI?
DI SOLITO TI CHIAMO AL TELEFONO E TU RISPONDI.

1

TROVA L'OMBRA GIUSTA

CIAO, TU COSA SARESTI?
SONO UNA STAMPANTE 3D.
D
D
D
A
B
C

2

INDOVINELLI

A) QUALE VASCA SI RIEMPIE PER PRIMA?

A ☐ B ☐ C ☐ D ☐ E ☐

QUESTO INDOVINELLO FA ACQUA DA TUTTE LE PARTI!
A
B
C
D
E

B) QUANTE VOLTE PUOI TOGLIERE UN BISCOTTO DA UN SACCHETTO DI 8 BISCOTTI?

1 VOLTA ☐ 8 VOLTE ☐

BISC
OTTI
8

SOLUZIONI DI PAGINA 107:

① "A". ② A) SI RIEMPIE PER PRIMA LA VASCA "D" PERCHÉ IL COLLEGAMENTE CON LA VASCA "E" È CHIUSO. B) PUOI TOGLIERLO SOLO UNA VOLTA PERCHÉ A QUEL PUNTO DIVENTA UN SACCHETTO DI 7 BISCOTTI.

L'APE-TITO VIEN MANGIANDO

TITO, STASERA MANGIAMO DUE VOLTE.
PERCHÉ?
C'È L'APE-RICENA.

STORIA REALMENTE ACCADUTA

COME HAI RISPOSTO ALLA DOMANDA 9?
DOMANDA 9?!
SÌ, QUELLA NEL RETRO DEL COMPITO.
COSA?! C'ERA UN RETRO NEL COMPITO?!

1
CHI HA UCCISO KENNY?
DEMONE □ O ANGELO □?
PERCHÉ TI SCORDI DI TUTTO?
HO LA TESTA TRA LE NUVOLE.
LEGANO

2 COMPLETA LE BATTUTE

IO SONO UN FORMAGGIO E SONO DEL SEGNO ZODIACALE DEL TORO.
IO INVECE SONO DEL CANCRO.
QUINDI SEI...
□ ... UN TIPO LUNATICO?
□ ... UN TIPO ROMANTICO?
□ ... UN FOR-LUGLIO?

IL DESERTO DEL SAHARA È IN AFRICA E SU QUESTO NON CI PIOVE.
DOPO TUTTE QUESTE FREDDURE, OSIRIDE...
□ ... O SI PIANGE.
□ ... ANDIAMO A MANGIARE?
□ ... ME NE VADO.

VETTURE IN PARADISO (PARTE 1)

SALVE SAN PIETRO. PRIMA DI ENTRARE IN PARADISO VORREMMO FARLE UNA RICHIESTA.
DITEMI PURE.
SICCOME NOI ADORIAMO LE MACCHINE, LE VOLEVAMO CHIEDERE SE FOSSE POSSIBILE AVERE UN MEZZO DI TRASPORTO IN PARADISO.
CERTO... L'UNICA COSA È CHE IL MEZZO CHE VI DARÒ SI BASERÀ SU QUANTE AMANTI AVETE AVUTO IN VITA.
SE NE AVETE AVUTE MOLTE VI DARÒ UN MEZZO ECONOMICO E SE NE AVETE AVUTE POCHE VI DARÒ UN MEZZO COSTOSO.
OK... IO HO AVUTO 5 AMANTI.
ALLORA TI DARÒ UNA STATION WAGON NUOVA.
IO HO AVUTO 20 AMANTI.
ALLORA TI DARÒ UNA UTILITARIA USATA.

MA SE LA PLASTICA DERIVA DAL PETROLIO E IL PETROLIO DAI DINOSAURI...
I DINOSAURI DI PLASTICA SONO FATTI DI DINOSAURI VERI?

VETTURE IN PARADISO (PARTE 2)

IO NON HO AVUTO AMANTI. HO SEMPRE AMATO SOLO MIA MOGLIE.
ALLORA TI DARÒ UNA FERRARI.
QUALCHE ANNO DOPO:
MARIO, PERCHÉ SEI TRISTE?
HO APPENA VISTO MIA MOGLIE.
E NON SEI CONTENTO?
NO... ERA IN MONOPATTINO.

LE RANE NON VANNO BENE A SCUOLA...
HANNO LE LORO LAGUNE.

SOLUZIONI DI PAGINA 109:

① IL COLPEVOLE È L'ANGELO PER QUESTE RAGIONI: 1) VICINO A KENNY C'È UNA PIUMA DELLE ALI DELL'ANGELO. 2) LA PAROLA LEGANO È L'ANAGRAMMA DI ANGELO.

② UN FOR-LUGLIO? - O SI PIANGE.

REBUS DA RIDERE

CRISTO FORÒ COLOMBO
È TUTTA FINZIONE. NON MI HA FATTO MALE.

RAGAZZO CORAGGIOSO

NON HO PAURA DI ESSERE RIFIUTATO.
BRAVO!
SE UNA DONNA NON VUOLE USCIRE CON ME MI RASSEGNO ED ESCO CON LA MIA RAGAZZA.

1

INDOVINELLI

SPOSTANDO 3 FIAMMIFERI È POSSIBILE FAR NUOTARE IL PESCE VERSO DESTRA?
SÌ, È POSSIBILE ☐ NO, NON È POSSIBILE ☐
RECENTI STUDI SCIENTIFICI HANNO SCOPERTO CHE I PESCI HANNO LE SPINE PERCHÉ NEL MARE C'È CORRENTE.

2

INDOVINELLI

A) LUIGI HA QUATTRO VOLTE L'ETÀ DI SUO FIGLIO LUIGETTO E TRA 20 ANNI LUIGI AVRÀ IL DOPPIO DEGLI ANNI DI LUIGETTO. QUANTI ANNI HA ADESSO LUIGI?
LO SO ☐ NON LO SO ☐
SAI QUANTI ANNI HA IL PROPRIETARIO DELLA GALLERIA D'ARTE? NE HA 60!
CAVOLO... NON LI DI-MOSTRA.
B) TI TROVI A 3 METRI DA UN TESORO PREZIOSO. OGNI PASSO CHE FAI PERCORRI METÀ DELLA DISTANZA CHE TI SEPARA DAL TESORO. QUANTI PASSI DEVI FARE PER ARRIVARE AL TESORO?
LO SO ☐ NON LO SO ☐
PUOI CONTARE SU DI ME.
GRAZIE, SEI UN TESORO.

SOLUZIONI DI PAGINA 113:

① PER LA SOLUZIONE GUARDA L'IMMAGINE A DESTRA.

② A) ADESSO LUIGI HA 40 ANNI E SUO FIGLIO 10. TRA 20 ANNI LUIGI AVRÀ 60 ANNI E IL FIGLIO 30. B) NON È POSSIBILE ARRIVARE AL TESORO!

①

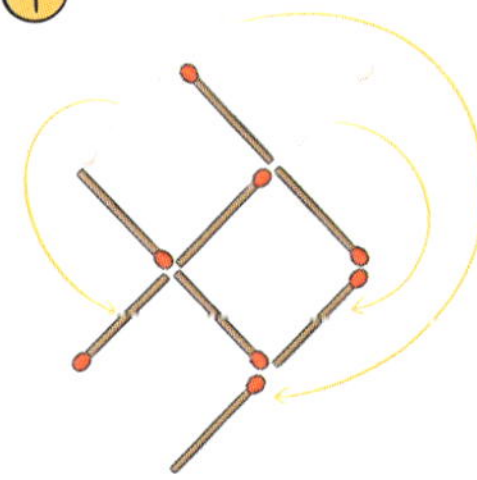

BATTUTA IN DIALETTO

MI DIRESTI IL NOME DI TRE METALLI?
URANIO, UFERRO E URAME.
MA U-RANIO NON È UN ARACNIDE?

COLAZIONE IN HOTEL

COM'È STATA LA COLAZIONE?
ERA TROPPA... SONO RIUSCITO A FINIRE TUTTO, MA A FATICA.
GUARDI CHE LA COLAZIONE ERA A BUFFET.

① RISOLVI QUESTI DUE REBUS

L'HO RISOLTO ☐
NON L'HO RISOLTO ☐

L'HO RISOLTO ☐
NON L'HO RISOLTO ☐

② INDOVINELLI

A) VALE SOLO SE È A DESTRA... COS'È?

LO SO ☐ NON LO SO ☐

HO ADDESTRATO IL MIO CANE AD ALZARE LA ZAMPA DESTRA.
E IO HO ASSINISTRATO IL MIO CANE AD ALZARE LA ZAMPA SINISTRA.

B) SE LO SCHIACCI NON SI ROMPE E TU TI SENTI MEGLIO. COS'È?

LO SO ☐ NON LO SO ☐

FORNAIO, È VERO CHE SEI BRAVO A GIOCARE A PALLAVOLO.
NO.
MA COME... TUTTI MI DICONO CHE FAI DELLE SCHIACCIATE STREPITOSE.

SOLUZIONI
DI PAGINA 115:
① SABBIE-MOBILI - LETTO DEL FIUME.
② A) IL NUMERO "0".
B) IL PISOLINO.

GLI INTELLIGENTI DUBITANO E GLI STOLTI PENSANO DI SAPERE SEMPRE TUTTO. DI QUESTA COSA NE SONO SICURO AL 100%!

RAGAZZA IMMAGINARIA

PAPÀ, HO UNA RAGAZZA IMMAGINARIA.
MERITI DI MEGLIO.
GRAZIE.
STAVO PARLANDO ALLA TUA RAGAZZA.

LEI NON LAMA PIÙ

PERCHÉ NON MI VUOI PIÙ BENE?
PERCHÉ LASCI SEMPRE LE COSE A METÀ!

1

CHI HA UCCISO KENNY?
CARTA IGIENICA □ O W.C. □?
POVERINO! LA SUA VITA È ANDATA A ROTOLI!
OH, NO! È DE-CESSO! AH, COMUNQUE IO STAVO APRENDO LA VERNICE!

2 TROVA LE DIFFERENZE

TI AMO.
ANCHE IO.
INNAM-ORATE
TI AMO.
ANCH'IO.
INNAM-ORATE

QUANTE SONO? 4□ 5□ 6□ 7□

SOLUZIONI DI PAGINA 117:

① IL COLPEVOLE È LA CARTA IGIENICA PER QUESTA RAGIONE: 1) DALLA FERITA DI KENNY ESCE DEL FUMO QUINDI L'ARMA UTILIZZATA PER FARLO FUORI È SICURAMENTE LA PISTOLA E NON IL PUNTERUOLO DEL W.C. ② 6 DIFFERENZE: 1) LINEA SULLA PINNA DEL PESCE DI SINISTRA. 2) PINNA IN PIÙ SU PESCE DI SINITRA. 3) RIFLESSO DEL CUORE DI DESTRA. 4) OCCHIO DEL PESCE DI DESTRA. 5) BOLLICINA IN BASSO A DESTRA. 6) SCRITTA "ANCH'IO".

QUANDO VUOI FARE IL MISTERIOSO

STA ARRIVANDO ELI, NON DEVO FARLE CAPIRE CHE MI PIACE.
CIAO, PERA.
TI AMO.

SCHELETRO DAL DENTISTA

ALLORA, DOTTORE, COME VANNO I MIEI DENTI?
I DENTI VANNO BENE... SONO LE GENGIVE CHE MI PREOCCUPANO.

1 INDOVINELLI

A) SEI CHIUSO IN UNA STANZA. PER SCAPPARE CI SONO 3 PORTE E TU HAI UNA PISTOLA CON UN SOLO COLPO CHE PUÒ UCCIDERE QUALUNQUE COSA. OLTRE LA PORTA "A" CI SONO UN TIRANNOSAURO AFFAMATO E UN LUPO. OLTRE LA "B" CI SONO DUE MOSTRI E OLTRE LA "C" C'È UN GAS VELENOSO. QUALE PORTA SCEGLI PER FUGGIRE?

A☐ B☐ C☐

A
B
C

B) È POSSIBILE PREDIRE E INDOVINARE SEMPRE IL RISULTATO DI UNA PARTITA DI CALCIO PRIMA CHE COMINCI?

SÌ ☐ NO ☐

LA CASA È UN DISASTRO E TU PENSI SOLO AL CALCIO! CHIAMA SUBITO L'IDRAULICO CHE IL RUBINETTO PERDE!
CONTRO CHI?

2 INDOVINELLI

A) UN UOMO ENTRA IN UN BAR E CHIEDE UN BICCHIERE D'ACQUA AL BARISTA. IL BARISTA INVECE DI DARGLIELO GLI PUNTA UNA PISTOLA E L'UOMO RINGRAZIA. COME MAI?

LO SO ☐ NON LO SO ☐

GRAZIE!
BAR ZELLETTA

B) UN PAPPAGALLO RIPETE TUTTE LE COSE CHE SENTE MA OGNI VOLTA CHE QUALCUNO GLI PARLA LUI NON RIPETE MAI. COM'È POSSIBILE?

LO SO ☐ NON LO SO ☐

PAPPA-GALLO:

SOLUZIONI DI PAGINA 119:

1 A) LA PORTA "A" PERCHÉ ASPETTI CHE IL TIRANNOSAURO SI MANGI IL LUPO E POI SPARI AL DINOSAURO. B) SÌ È POSSIBILE. LE PARTITE DI CALCIO PRIMA CHE COMINCINO SONO SEMPRE 0-0 2 A) IL BARISTA AVEVA CAPITO CHE L'UOMO VOLEVA L'ACQUA PER FARSI PASSARE IL SINGHIOZZO E, PER QUESTO MOTIVO, HA TIRATO FUORI LA PISTOLA PER SPAVENTARLO E GUARIRLO. B) È UN PAPPAGALLO SORDO.

CAVALIERE E DRAGO

DRAGO! TI SCONFIGGERÒ!
OH, NO... CHE NOIA...
ANCHE OGGI SI MANGIA CARNE IN SCATOLA.

DALLO PSICOLOGO

DI COSA HAI PAURA?
DELLE COINCIDENZE.
ANCHE IO!
PSICOLOGO
AAAHH!
PSICOLOGO

1 INDOVINELLI

A) QUANTI MATTONI CI VOGLIONO PER COMPLETARE UN EDIFICIO FATTO DI MATTONI?
LO SO ☐ NON LO SO ☐
SONO PAZZA! PERCHÉ SONO FATTA DI MATTONI!
B) UN TASSISTA UBRIACO STA ANDANDO SU UNA STRADA IN DIREZIONE OPPOSTA AL SENSO DI MARCIA. LA POLIZIA LO VEDE MA NON LO FERMA. COME MAI?
LO SO ☐ NON LO SO ☐
MI PORTI IN VIA DANTE.
A CHE ALTEZZA?
CAVOLO, NON SAPEVO CHE I TAXI VOLASSERO.
TAXI

2 INDOVINELLI

A) LAVORA SOLTANTO SE C'È QUALCUNO CHE LA SEGUE.
LO SO ☐ NON LO SO ☐
IERI TORNANDO A CASA DAL MIO LAVORO A TEMPO INDETERMINATO HO VISTO UN LEONE PER STRADA.
COSA? MA È INCREDIBILE. HAI IL POSTO FISSO?
B) CHI LA FA LA VENDE, CHI LA COMPRA NON LA USA, CHI LA USA NON LA VEDE. COS'È?
LO SO ☐ NON LO SO ☐
MI HANNO DETTO CHE HAI FATTO SOLDI VENDENDO TESSUTI.
EH, SÌ!
BRAVO! COMPLIMENTI! L'HO SEMPRE DETTO CHE AVEVI STOFFA DA VENDERE.

SOLUZIONI DI PAGINA 121:

① A) SOLO UNO: L'ULTIMO. B) PERCHÉ ERA A PIEDI. ② A) LA GUIDA TURISTICA MA SE HAI PENSATO ALL'INFLUENCER VA BENE COMUNQUE COME RISPOSTA. B) LA BARA.

ORDINE AMBIGUO

COSA DESIDERATE?
PER ME UN CAFFÈ E UN TÈ AL LIMONE.

GARA TRA EVANGELISTI

LO SAPEVI CHE IN UNA GARA TRA EVANGELISTI NESSUNO ARRIVA PRIMO?
COME MAI?
PERCHÉ ARRIVA SECONDO LUCA, SECONDO GIOVANNI, SECONDO MATTEO...

GATTOLICO

BENVENUTI IN PARADISO. ADESSO FARÒ UNA DOMANDA A CIASCUNO DI VOI... PASTORE TEDESCO, IN COSA CREDI?
CREDO NEL RISPETTO E NELLA LEALTÀ AL MIO PADRONE.
BRAVO, ALLORA PUOI SEDERTI ALLA MIA DESTRA.
E TU DOBERMANN, IN COSA CREDI?
CREDO NELL'AMORE E NEL DIFENDERE IL MIO PADRONE.
BRAVO, ALLORA PUOI SEDERTI ALLA MIA SINISTRA.
E TU GATTO, IN COSA CREDI?
CREDO CHE TU SIA SEDUTO AL MIO POSTO.

RECENTI STUDI HANNO SCOPERTO CHE LA FORMULA DEL LATTE È VACCA 2 O.

NEGOZIO DI GIOCATTOLI

CASSIERE. VORREI ACQUISTARE QUESTE DUE MACCHININE.
GIOCHI
POTREBBE FARMI LO SCONTRINO?
GIOCHI
MA CERTO.
GIOCHI
STONF!
GIOCHI
BATTUTINA:
NESSUNO MI CAPISCE.
IN CHE SENSO?

1

INDOVINELLI

A) È LEGALE PER UN UOMO SPOSARE LA SORELLA DI SUA MOGLIE VEDOVA?
SÌ ☐ NO ☐
IMPOSSIBILE ☐
SECONDO TE ESISTE UNA DONNA CHE SA SEMPRE DOVE SI TROVA SUO MARITO?
SÌ... LA VEDOVA.
B) QUAL È IL GIORNO PIÙ LUNGO DELLA SETTIMANA?
LO SO ☐
NON LO SO ☒
QUANDO MI CHIEDONO COM'È STATO IL MIO LUNEDÌ A ME PIACE RISPONDERE CON QUESTO REBUS:
DUE
PALLE

2

INDOVINELLI

A) È POSSIBILE FAR CADERE UN UOVO SUL PAVIMENTO DI CEMENTO SENZA ROMPERLO?
SÌ ☐ NO ☐
PERCHÉ LAVI IL PAVIMENTO CON L'AMMORBIDENTE?
COSÌ SE CADO NON MI FACCIO MALE.
A) COME PUÒ UN UOMO PASSARE 3 GIORNI SENZA DORMIRE?
LO SO ☐
NON LO SO ☐
È TARDI! VAI A DORMIRE!
NO! NEANCHE PER SOGNO!

SOLUZIONI DI PAGINA 125:

1 A) NO, NON È POSSIBILE PERCHÉ UN UOMO MORTO NON PUÒ SPOSARE UNA DONNA VIVA.
B) È IL MERCOLEDÌ PERCHÉ HA PIÙ LETTERE DI TUTTI GLI ALTRI GIORNI. 2 A) SÌ, È POSSIBILE! UN UOVO NON PUÒ ROMPERE UN PAVIMENTO DI CEMENTO. B) BASTA CHE QUEST'UOMO DORMA SOLO DI NOTTE.

VECCHIO GINOCCHIO

DOTTORE, MI FA MALE IL GINOCCHIO DESTRO.
NON SI PREOCCUPI. IL GINOCCHIO LE FA MALE PER VIA DELL'ETÀ.
DOTTORE, MA È SICURO? IL GINOCCHIO SINISTRO HA LA STESSA ETÀ DEL DESTRO MA NON MI FA MALE.

SPOILER: LA SORELLINA STA BENE

HAI PORTATO FUORI LA SPAZZATURA E HAI MESSO LA TUA SORELLINA NELLA CULLA?
SÌ.
OPS.

TEST DEL GURU

SEGUI QUESTI PASSAGGI:

1) SCEGLI UN NUMERO COMPRESO TRA 11 E 99.

2) SOMMA LE CIFRE CHE LO COMPONGONO.

3) SOTTRAI IL NUMERO OTTENUTO DAL NUMERO SCELTO ALL'INIZIO.

4) SOMMA LE CIFRE CHE COMPONGONO IL NUMERO TROVATO.

5) IL NUMERO CHE HAI TROVATO È IL 9! TI TORNA?

SÌ ☐ NO ☐

LA SFIDA (PARTE 1)

TI PROPONGO UNA SFIDA: IO TI FARÒ UNA DOMANDA E SE NON SAPRAI RISPONDERE MI DARAI 5 EURO.
POI TU MI FARAI UNA DOMANDA E SE IO NON SAPRÒ RISPONDERE TI DARÒ 5 EURO.
NON VALE, LEI È UNA PROFESSORESSA... VINCERÀ DI SICURO!
OK, ALLORA FACCIAMO COSÌ: SE TU NON SAPRAI RISPONDERE MI DARAI 5 EURO, MA SE IO NON SAPRÒ RISPONDERE TI DARÒ 100 EURO.
OK, ALLORA GIOCO.
QUAL È LA DISTANZA TRA LA TERRA E LA LUNA?

I CAVALLI CHE SI CHIAMANO DONATO NON POSSONO CURARSI DAL DENTISTA PERCHÉ A CAVAL DONATO NON SI GUARDA IN BOCCA.

LA SFIDA (PARTE 2)

NON LO SO...
ECCO I 5 EURO.
ORA TOCCA A ME: QUAL È QUELLA COSA CHE SALE PER UNA COLLINA CON TRE GAMBE E SCENDE CON QUATTRO?
CAVOLO, È UNA DOMANDA DIFFICILISSIMA! NON LA SO. ECCO I 100 EURO.
PERÒ ADESSO SONO CURIOSA... QUAL È QUELLA COSA CHE SALE PER UNA COLLINA CON TRE GAMBE E SCENDE CON QUATTRO?
NON LO SO...
ECCO I 5 EURO.

SECONDO RECENTI STUDI LE PERSONE CHE DISSENTONO VANNO A FARE LA CACCA PIÙ SPESSO PERCHÉ HANNO LA DISSENTERIA.

BATTUTE BREVISSIME

COSA STAI FACENDO?
STO SCRIVENDO UN RO-MANZO.
SAI DIRMI L'ORA?
SÌ, L'ORA.
NONNO, FUNZIONA BENE IL NUOVO APPARECCHIO ACUSTICO?
SONO LE 13:25.
DO YOU SPEAK ENGLISH?
NO, I SPIC IL VOLO.
TART-UFO.
COME MAI SEI GIRATO?
HO IL TORCI-POLLO!

PROBABILMENTE IL FIORARIO È IL LAVORO PIÙ FATICOSO AL MONDO PERCHÉ SI FA IL MAZZO.

1 INDOVINELLI

A) COS'È CHE NON SI PUÒ MAI CONSUMARE A COLAZIONE?
LA SO ☐
NON LA SO ☐
MAESTÀ, COSA DESIDERA PER COLAZIONE?
I CE-REALI.
B) QUAL È QUELL'INVENZIONE CHE PERMETTE DI GUARDARE ATTRAVERSO I MURI?
LA SO ☐ NON LA SO ☐
NON RACCONTARE BARZELLETTE AI MURI.
PERCHÉ?
RISCHI DI FARLI CREPARE DAL RIDERE.

2 INDOVINELLI

A) PERCHÉ GLI ELEFANTI BEVONO PIÙ ACQUA A LUGLIO CHE A FEBBRAIO?
LO SO ☐
NON LO SO ☐
NON BEVO SOLO ACQUA MA ANCHE COCA COLA E-LE-FANTE.
B) QUAL È LA DOMANDA A CUI NON SI PUÒ RISPONDERE DICENDO "SÌ". LA SO ☐
NON LA SO ☐
AVVOCATO, QUANTO COSTA FARLE UNA DOMANDA?
100 EURO.
GRAZIE.
DI NULLA... FANNO 100 EURO.

SOLUZIONI
DI PAGINA 131:
1 A) IL PRANZO E LA CENA. B) LA FINESTRA.
2 A) PERCHÉ FEBBRAIO HA MENO GIORNI.
B) STAI DORMENDO?

SECONDO RECENTI STUDI SCIENTIFICI LA CITTÀ PREFERITA DAI RAGNI È MOSCA.

UBRIACO IN MACCHINA

LEI HA BEVUTO?
SÌ, ERO A UNA FESTA E MI SONO SCOLATO 4 BIRRE, UNA BOTTIGLIA DI VINO E 6 SUPER ALCOLICI.
COSA? LEI HA CAPITO CHE SONO UN AGENTE E CHE L'HO FERMATA PER FARE IL TEST DELL'ALCOL?
SÌ... E LEI HA CAPITO CHE QUEST'AUTO È INGLESE E CHE STA GUIDANDO MIA MOGLIE?

1
CHI HA UCCISO KENNY?
CAPPUCCETTO ☐ O LUPO ☐ ?
NON SONO STATA IO. STO ANDANDO A FARE L'ESAME DI MATEMATICA.
ALLORA... IN BOCCA AL LUPO!
ENGLISH

2 COMPLETA LE BATTUTE

E TU COSA SEI?
SONO...
☐ ... UN DITO.
☐ ... UN PIEDE.
☐ ... UN'ALLUCENAZIONE.

HO SPORCATO IL QUADERNO CON LA MINESTRA MA NON RIESCO A TOGLIERLA CON LA GOMMA.
MI DISPIACE MA NON SI PUÒ CANCELLARE...
☐ ... LA MINESTRA.
☐ ... IL CIBO.
☐ ... IL PASSATO.

SOLUZIONI DI PAGINA 133:

1 È CAPPUCCETTO PERCHÉ: 1) LEI STA MENTENDO. IN MANO HA UN LIBRO DI INGLESE E NON DI MATEMATICA. 2) IL PIEDE DESTRO DI CAPPUCCETTO È SPORCO DI SANGUE. 3) LO STRACCIO BLU CHE HA IN MANO IL LUPO NON È DELLO STESSO COLORE DEI PANTALONI DI KENNY.

2 UN'ALLUCENAZIONE - IL PASSATO.

NON CE LA FAGGIO PROPRIO!

CHE STRANO. NON AVEVO MAI VISTO UN ALBERO DI FAGIOLI.
NON È STRANO...
... TU SEI UN MELO E FAI LE MELE. IO SONO UN FAGGIO E FACCIO I FAGGIO-LI.

PERA E MELA

IL CAPO CI FA LAVORARE PIÙ DEL DOVUTO.
EH, GIÀ... CI SFRUTTA.

INDOVINELLO

COME MAI DUE CHITARRE LITIGANO?
PERCHÉ NON HANNO TROVATO UN ACCORDO.

QUANDO CA-PISCI MALE

MI HA PUNTO UNA MEDUSA! PRESTO! FACCI LA PIPÌ!
PSSS...

NOSTALGIA DEL NONNO

NON SCORDERÒ MAI LE PAROLE DI MIO NONNO PRIMA DI MORIRE.
KENNY! TIENI FERMA QUESTA CAVOLO DI SCALA!
BATTUTINA:
È MORTO L'ELETTRICISTA...
SI È SPENTO.

ARANCIATA MOLTO AMARA

VORREI UN'ARANCIATA AMARA.
GLU GLU GLU...
MA NON È AMARA!
E INVECE SÌ... COSTA 100 EURO.
BATTUTINA:
EMMA, LA TUA BELLEZZA MI FA SCORDARE LE COSE.
MI CHIAMO LAURA!

1 INDOVINELLI

A) CI SONO DUE GEMELLI. PASQUALE E NATALIA. SE PASQUALE È NATO A PASQUA, QUANDO È NATA NATALIA?
LO SO ☐ NON LO SO ☐
A NATALE E A PASQUA RISCOPRIAMO I NOSTRI VALORI PIÙ ALTI.
SÌ... TRIGLICERIDI E GLICEMIA.

B) MARIO CHIEDE IL COSTO DI UN OGGETTO IN FERRAMENTA. PER 1 SPENDERÀ UN EURO, PER 6 DUE EURO, PER 36 TRE EURO. CHE OGGETTO È?
LO SO ☐ NON LO SO ☐
DOVE VAI IN VACANZA.
VADO AL MAR TELLO.
FERRAMENTA

2 INDOVINELLI

A) ANCHE SE GIOCANO IN CASA POSSONO BAGNARSI QUANDO PIOVE... CHI SONO?
LO SO ☐
NON LO SO ☐
KENNY, ENTRA IN CASA CHE PIOVE.
NON SERVE MAMMA, PIOVE ANCHE FUORI.

B) QUEST'UOMO TROVA TRE PORTE MAGICHE. SA CHE DIETRO LA PRIMA CI SONO DEI DIAMANTI, DIETRO LA SECONDA DELL'ORO E DIETRO LA TERZA LA DONNA DELLA SUA VITA. QUALE PORTA APRE PER PRIMA?
LO SO ☐ NON LO SO ☐
DIAMANTI
ORO
AMORE

SOLUZIONI DI PAGINA 137:
1 A) NATALIA, ESSENDO GEMELLA DI PASQUALE, È NATA A PASQUA. B) IL NUMERO CIVICO. 2 A) I GIOCATORI SPORTIVI. B) APRE PER PRIMA LA PORTA DELLA MACCHINA.

MA IN INGHILTERRA "ALIGHIERI" LO CHIAMANO "ALIGH-YESTERDAY"?

DALLO PSICOLOGO

MI PARLI DEL SUO PASSATO.
PSICOLOGO
CAROTE, PATATE, SEDANO, PORRO, ZUCCHINE...
PSICOLOGO

LEZIONI DI JUDO

SCUSAMI, NON VOLEVO FARTI MALE...
SONO DISPIA-JUDO.

1
CHI HA UCCISO KENNY?
CARABINIERE ☐ O DOTTORE ☐?
DOTTORE, OGNI MATTINA FACCIO LA CACCA ALLE 8:00.
E QUAL È IL PROBLEMA?
MI SVEGLIO ALLE 9:00.

2 INDOVINELLI DA RIDERE

A) CHE CANZONE DEI QUEEN CANTANO DUE FUNGHI CHE HANNO APPENA VINTO UNA GARA?
LO SO! ☒ NON LO SO! ☐

B) COSA FANNO DUE CIPOLLE CHE AVEVANO UN GRUPPO ROCK MA CHE POI SONO TORNATE A SUONARE INSIEME?
LO SO! ☐ NON LO SO! ☒

SOLUZIONI DI PAGINA 139:

① IL COLPEVOLE È IL DOTTORE PER QUESTE RAGIONI: 1) IL DOTTORE NASCONDE UN PUNTERUOLO SOTTO IL CAMICE. 2) IL CAMICE DEL DOTTORE NON È SPORCO DI SANGUE PERCHÉ L'ARMA DEL DELITTO È STATA PULITA CON IL PANNO CHE SI TROVA PER TERRA. ② A) CANTANO "WE ARE THE CHAMPIGNON!". B) FANNO UNA "RE-ONION".

NON TUTTO IL MAL VIEN PER NUOCERE

CARA, MI SA CHE HO SBAGLIATO E HO MESSO L'ACQUA FRIZZANTE NELLA CIOTOLA DEI PESCI.
SEI SEMPRE IL SOLITO RINCITRULLITO!
NEL FRATTEMPO:
AMORE, GRAZIE MILLE!
PERCHÉ?
NON SEI STATO TU A METTERE L'IDROMASSAGGIO?

BATTUTE BREVISSIME!

DALL'OTORINO:
CONTROLLIAMO L'UDITO.
A ME NON FA MALE LU DITO MA L'ORECCHIO.
PERCHÉ MI RACCONTI SEMPRE BATTUTE IN AEREO?
COSÌ LE CAPISCI AL VOLO.
PACCO REGALO, COME MAI HAI FATTO SCENA MUTA ALL'INTERROGAZIONE?
MI SONO INCARTATO.
COME SI CHIAMA UN DINOSAURO CHE DÀ IMPROVVISAMENTE DI MATTO?
VELOCI-RAPTUS.
BATTUTINA:
OGNI DUE MINUTI IN ITALIA VIENE INVESTITA UNA PERSONA.
CAVOLO, NEMMENO IL TEMPO DI RIALZARSI.

BATTUTA INVERNALE

SCUSI, STA PERDENDO DEL CARICO DAL CAMION.
AL SEMAFORO DOPO:
SCUSI, STA ANCORA PERDENDO DEL CARICO DAL CAMION.
AL SEMAFORO DOPO:
SCUSI, STA ANCORA PERDENDO DEL CARICO DAL CAMION.
LO SO! OGGI NEVICHERÀ E QUESTO È UNO SPARGI SALE.

BATTUTINA:
A SCUOLA SONO UNO CHE CONTA.
VERAMENTE?
SÌ, LE ORE CHE MANCANO PER USCIRE.

1 INDOVINELLO

È POSSIBILE CAPOVOLGERE QUESTA PIRAMIDE SPOSTANDO 3 CERCHI?
CON TUTTI QUESTI TONDI MI È VENUTO IL MAL DI TESTA. ANZI... MI È VENUTO UN CERCHIO ALLA TESTA.
SÌ, È POSSIBILE ☐ NO, NON È POSSIBILE ☐

2 INDOVINELLI

A) QUANTE LETTERE HA ALFABETO?
LO SO ☒
NON LO SO ☐
QUALE LETTERA VIENE DOPO LA "A"?
FACILE MAESTRA... TUTTE LE ALTRE.

B) UN TRENO DERAGLIA SUL CONFINE TRA L'AUSTRIA E L'ITALIA. DOVE SI SEPPELLIRANNO I SUPERSTITI?
AUSTRIA ☐ ITALIA ☒
DA NESSUNA PARTE ☐
INCREDIBILE! OGGI IL TRENO È IN ORARIO.
LA GIORNATA SI METTE SUL GIUSTO BINARIO.
AREZZO

SOLUZIONI DI PAGINA 143:

① PER LA SOLUZIONE GUARDA LA FIGURA A DESTRA.

② A) LA PAROLA "ALFABETO" HA 8 LETTERE. B) DA NESSUNA PARTE PERCHÉ I SUPERSTITI SONO VIVI.

①

TRA LINCI

C'È MIO FRATELLO NEL BOSCO?
NO... LÌ-N'-C'È.

MA SE VAI VIA DA UNA FESTA... PARTY?

QUESTA FESTA FA SCHIFO! ME NE TORNO A CASA!

1 CHI HA UCCISO KENNY? A ☐ O B ☐ ?
BAU, BAU!
MIAO, MIAO!
PERCHÉ MIAGOLI?
PERCHÉ SONO UN RI-GATTONE. E TU PERCHÉ ABBAI?
SONO UN CAN-NELLONE.
A
B

2 TROVA LE DIFFERENZE

WOW! STO GALLEGGIANDO!
WOM! STO GALLEGGIANDO!

QUANTE SONO? 4☐ 5☐ 6☐ 7☐

SOLUZIONI DI PAGINA 145:

① È IL RI-GATTONE (B) PERCHÉ: 1) KENNY HA IN MANO UN BAFFO DI RI-GATTONE. 2) LA DISTANZA TRA I FORI NEL CORPO DI KENNY CORRISPONDE ALL'ARMA DI RI-GATTONE.

② 6 DIFFERENZE: 1) CRESTA ROSSA. 2) SFONDO VERDE DIETRO AL GALLO. 3) ZAMPA DESTRA DEL GALLO. 4) PIUMA CODA. 5) RIFLESSO ACQUA. 6) SCRITTA "WOM!".

NON SI BATTE CHIODO

CARO, MA QUANTO CI METTI A TORNARE A CASA?
SCUSAMI AMORE... È CHE SONO INCHIODATO NEL TRAFFICO.

NON FA UNA PIEGA

VUOLE LACCA NEI CAPELLI?
VA BENE.
POCO DOPO:
ECCO QUA.
H

INDOVINELLI DA RIDERE!

COME MAI IL CAMMELLO È SEMPRE STANCO?
PERCHÉ S-GOBBA!
COSA FA LEONARDO DA VINCI AL POLO NORD?
UN AFFRESCO.
COSA FA UNA FOCA CHE NON SA NUOTARE?
AFFOCA.
COSA FA UN TELEFONO CADUTO PER TERRA?
SIRI ALZA.
BATTUTINA:
SEI BELLA.
DIMMI QUALCOSA DI PIÙ.
SETTE BELLA.

COLPO DI SCENA!

COME SEI MORTO?
SONO MORTO DI FREDDO E TU?
IO DI FELICITÀ.
COSA? E COME?
SONO ENTRATO IN CASA E HO TROVATO MIA MOGLIE IN VESTAGLIA. HO PENSATO CHE AVESSE L'AMANTE...
QUINDI L'HO CERCATO DAPPERTUTTO. SOTTO IL LETTO, NELL'ARMADIO, IN BAGNO, IN SALOTTO, IN TERRAZZA...
SICCOME NON L'HO TROVATO, MI È PRESO UN INFARTO DALLA FELICITÀ.
CAVOLO! SE AVESSI APERTO IL FRIGO A QUEST'ORA SAREMMO VIVI!

COME SI CHIAMA LA SUORA CHE SUPERA TUTTE LE AUTOMOBILI?
SOR PASSA.

1
CHI HA UCCISO KENNY?
BABBO NATALE ☐ O L'ELFO ☒?
PERCHÉ LE RENNE VOGLIONO VIVERE NEI POSTI FREDDI?
PERCHÉ LÌ C'È LA NEVE PE-RENNE.
OBBAB

2 INDOVINELLI DA RIDERE

A) QUAL È IL BALLO PREFERITO DAI MAIALI? E QUAL È IL BALLO PIÙ ODIATO DAI RICCI?
LO SO! ☐ NON LO SO! ☐

B) COSA FA UN ASINO CHE È INCIAMPATO SUI BINARI DEL TRENO?
I-O-I-O-I-O...
LO SO! ☐ NON LO SO! ☐

SOLUZIONI DI PAGINA 149:

① È L'ELFO PERCHÉ: 1) ELFO NASCONDE UNA PISTOLA FUMANTE DIETRO LA SCHIENA. 2) KENNY HA IN MANO UN CAMPANELLO DEL CAPPELLO DI ELFO. 3) LA SCRITTA "OBBAB" L'HA FATTA ELFO PER DEPISTARE LE INDAGINI. ② A) LA POLKA E IL LISCIO. B) DE-RAGLIA.

BATTUTE BREVISSIME!

SAI PERCHÉ I MEDICI PREMONO SUL CUORE?
PERCHÉ È PULSANTE.
HO UN NUOVO CANE CHE NON È NÉ BASSO NÉ ALTO... COME LO POTREI CHIAMARE?
BALTO.
LO SAI CHE L'ORIGANO NASCE LISCIO E POI LO RIGANO?
PERCHÉ DI NOTTE CI SONO I RUMORI IN CUCINA?
È IL PANE CHE AVANZA.

BATTUTE BREVISSIME

OGGI SONO CONTENDA. IL MIO POST È FINITO IN TENDENZA.
COME MAI SIAMO DENTRO UN ARMADIO?
IL MARESCIALLO HA DETTO DI FARE UNA SQUADRA MOBILE.
DOVRAI IMPEGNARTI IL DOPPIO SE VORRAI LA SUFFICIENZA!
PROF, MA IL DOPPIO DI ZERO È SEMPRE ZERO!
MI DAI 100 EURO?
HAI PROPRIO UNA FACCIA TOAST!
BIANCANEVE E I SETTER NANI.
PERCHÉ SONO SEMPRE L'ULTIMO A SAPERE LE COSE?
FAI PIANO CHE SVEGLI IL BAMBINO?
QUALE BAMBINO?

MA SE IL CANE RINGHIA... LA RINGHIERA ABBAIA?

EVVIVA! SEI ARRIVATO FINO IN FONDO!
SPERO CHE TU TI SIA DIVERTITO!
TI SEI SEGNATO LE RISPOSTE GIUSTE?
QUI SOTTO TROVI I PUNTEGGI!
AH, POI NON È FINITA QUI PERCHÉ
C'È ANCHE UN GIOCO DI CARTE
DA FARE INSIEME AI TUOI AMICI!

OGNI RISPOSTA GIUSTA VALE 1 PUNTO

QUANTI PUNTI HAI FATTO?

0-29

↓

NON SCORAGGIARTI. MOLTI INDOVINELLI ERANO DIFFICILI!

30-49

↓

SEI BRAVINO/A MA PUOI FARE DI MEGLIO. CONTINUA AD ALLENARE IL CERVELLO.

50-69

↓

SEI BRAVO/A. TI MANCA POCO PER ESSERE UN GENIO!

70+

↓

SEI UN GENIO!

GIOCO DI CARTE!

NELLE PROSSIME 6 PAGINE TROVERAI 24 PERSONAGGI CON CUI SFIDARE UNO O PIÙ AMICI O AMICHE.

COME GIOCARE:

1) I GIOCATORI TIRANO A SORTE PER CHI INIZIA A SCEGLIERE.
2) IL PRIMO GIOCATORE SCEGLIE UNA DELLE 24 CARTE. IL SECONDO GIOCATORE SCEGLIE UNA DELLE 23 CARTE RIMANENTI. GLI SFIDANTI CONTINUANO A SCEGLIERE ALTERNANDOSI FINO AD AVERE SELEZIONATO 6 CARTE CIASCUNO.
3) OGNI GIOCATORE SCRIVE SEGRETAMENTE IN UN FOGLIO LE SEI CARTE SCELTE NELL'ORDINE CHE PREFERISCE.
4) I GIOCATORI FANNO VEDERE IL PROPRIO FOGLIO E INIZIA IL COMBATTIMENTO TRA LE CARTE: LA PRIMA CARTA DEL PRIMO GIOCATORE SFIDA LA PRIMA DEL SECONDO GIOCATORE. LA SECONDA SFIDA LA SECONDA E COSÌ PER TUTTE E 6 LE CARTE.
5) VINCE CHI SCONFIGGE PIÙ PERSONAGGI DELL'AVVERSARIO.
6) UN PERSONAGGIO VIENE SCONFITTO SE LA SUA DIFESA È MINORE O UGUALE ALL'ATTACCO DEL PERSONAGGIO AVVERSARIO.
7) MOLTE CARTE HANNO IL POTERE DI CONFERIRE +2 IN ATTACCO O +2 IN DIFESA A SECONDA DEL COLORE DEL PERSONAGGIO AVVERSARIO.

CONSIGLIO: FOTOCOPIA LE CARTE E RITAGLIALE PER GIOCARCI CON PIÙ FACILITÀ!

INCA-VOLATO
ATT: 3 DIF: 3
+ 2 ATTACCO
CONTRO BLU.

CU-CULO
ATT: 2 DIF: 4
+ 2 DIFESA
CONTRO BLU.

DI-VINO
ATT: 1 DIF: 5
+ 2 ATTACCO
CONTRO GIALLO.

AGENTE
ATMOSFERICO
ATT: 4 DIF: 2
+ 2 DIFESA
CONTRO GIALLO.

UFO-TOGRAFO
ATT: 5 DIF: 1
+ 2 DIFESA
CONTRO VERDE.
TR-ANGUILLA
ATT: 3 DIF: 3
+ 2 DIFESA
CONTRO VERDE.
GYM-TONIC
ATT: 3 DIF: 4
CANERINO
BAU...
BAU...
ATT: 4 DIF: 3

PIZZA
CON BUFALA

LA TERRA
È PIATTA!

ATT: 1 DIF: 5
+ 2 ATTACCO
CONTRO BLU.

MAYA LINO

ATT: 4 DIF: 2
+ 2 DIFESA
CONTRO BLU.

CUL-TURISTA

ATT: 5 DIF: 1
+ 2 DIFESA
CONTRO GIALLO.

FILO-BUSTIERE

ATT: 3 DIF: 3
+ 2 DIFESA
CONTRO GIALLO.

SAN-DALO
ATT: 3 DIF: 3
+ 2 ATTACCO
CONTRO VERDE.
DENTE
ALIGHIERI
ATT: 2 DIF: 4
+ 2 DIFESA
CONTRO VERDE.
DIVANO
LETTO
HO LE SPUNTE BLU!
ATT: 3 DIF: 4
TAZZA DI
PORCELLONA
OINK!
ATT: 4 DIF: 3

MA-CACO

ATT: 1 DIF: 5
+ 2 ATTACCO
CONTRO BLU.

MELA-MARCIA

ATT: 2 DIF: 4
+ 2 DIFESA
CONTRO BLU.

AL-ZEBRA

ADORO LA MATE-MATICA.
MATH

ATT: 3 DIF: 3
+ 2 ATTACCO
CONTRO GIALLO.

BARBA BIETOLA

ATT: 3 DIF: 3
+ 2 DIFESA
CONTRO GIALLO.

ORANGO TANGA
ATT: 4 DIF: 2
+ 2 ATTACCO CONTRO VERDE.
PERO-MANE
BRUCIO TUTTO!
ATT: 5 DIF: 1
+ 2 DIFESA CONTRO VERDE.
CA-ROTTA
ATT: 3 DIF: 4
PORCO-SPINO
ATT: 4 DIF: 3

MIO MARITO VORREBBE CHIAMARE IL BAMBINO ROSARIO MENTRE IO LO VORREI CHIAMARE MARINO. COME POSSIAMO FARE?
CHIAMATELO ROSMARINO.

COLLEZIONA TUTTI I LIBRI!

PRESTO IN ARRIVO:

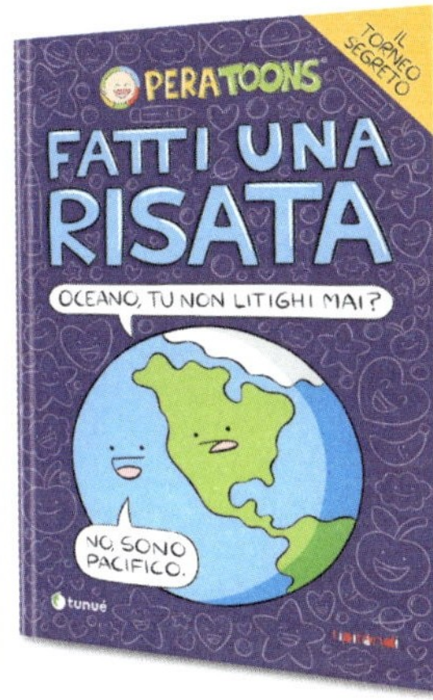

QUANTI CUORI VEDI IN QUESTA PAGINA?
SOLUZIONE:
CI SONO QUARANTATRE CUORI! CONTANDO QUELLO "VERO".